GENTOSHA OUTLAW BUNKO

蜜命
おぼろ淫法帖

睦 月 影 郎

幻冬舎アウトロー文庫

蜜命　おぼろ淫法帖

目次

第一章　うつけ五郎太の大仕事

一

「なに、お役目は五郎太に……？」

頭目である夢想斎《むそうさい》の言葉に、一同が驚きの声を上げ、皆は一斉に夢想斎と五郎太の顔を見比べた。

「ああ、姫様を江戸まで送り届ける役目は、五郎太に決めた。逆らうことは許さぬ」

七十になる夢想斎は、いつもの癖で白髯《はくぜん》を撫《な》でながら、厳しく鋭い目で一同を見回して言った。

いっぽう十八になる五郎太は、他人事のように普段と変わらぬ虚《うつ》ろな表情で、ただじっと端座しているだけだった。

ここは筑波山中にある月影谷、一同は十万石皆川藩に仕える素破《すっぱ》の衆だった。

谷では、老若男女までも主家の役に立とうと日々鍛練を重ねていた。しかし関ヶ原から十余年、世は泰平となった。

月影谷には主家の姫君、千秋が住んでいた。戦《いくさ》の余波で小競《こぜ》り合いが続いていたため姫を案じた藩主、皆川正智が夢想斎に預けたのである。

その千秋も十七となり、江戸にいる正智から呼び寄せられたのだ。その姫を江戸まで連れて行く役目が、五郎太に決まったのである。

仰々しく護送すると目立ってしまい、報復を画策する野盗に襲われるかも知れぬ。それに他の面々は、国許《くにもと》の立て直しの人材として必要だった。

「なぜ、よりによって五郎太を……」

一同が首を傾《かし》げるのも尤《もっと》もだった。

孤児の五郎太は、谷の衆の中でも、最も役に立たぬろくでなしだった。身体《からだ》は小さく非力で、体術や剣術、手裏剣も得意ではなく、ただ女の鍛錬する様子を眺めては笑みを浮かべ、股間をいじるという困りものなのである。

しかし父親は関ヶ原で優秀な働きをし、壮烈な死を遂げたため、夢想斎もことのほか目をかけていた。

だが姫君を江戸まで送るとなれば、一同の誰もが、素破として優秀なものが選ばれると思っていたことだろう。

この谷で最も優れた素破は、夢想斎の孫娘である、二十歳になる朧《おぼろ》だった。

しかし、朧が夢想斎の側《そば》を離れることはないと誰もが思い、ならば選ばれるのは二番手、いや朧とほぼ互角の颪丸であろうと予想されていた。

二十歳を少し出た颪丸は大柄で力も強く、多くの技で優れていた。一頃《ひところ》は朧の婿になるのではという噂も立ったが、少々粗暴でうぬぼれも強く、夢想斎も許さなかったのだった。

いっぽう五郎太は、技も術もないが学問だけは得意だった。ただ日頃から虚ろに手すさびばかりしているわけではなく、書物が好きで記憶力も良いことを夢想斎は知っていた。そしてもう一つ、五郎太には秘密があったのだ。

「お頭！　なぜ、最も強いものが選ばれぬのでしょう」

颪丸が眉《まゆ》を吊《つ》り上げ、野太い声で異を唱えた。

「颪丸、控えよ。儂《わし》は最も強いものを選んだのだ」

「な、なんと……」

夢想斎の言葉に、颪丸のみならず、また一同は目を丸くした。朧までもが、祖父の言葉が信じられず、驚いて五郎太に目をやった。

その五郎太は、相変わらず何を考えているのか、眉一つ動かさなかった。

「こ、この五郎太が、谷で最も強いと仰せですか……」

「左様。おぬしら若い者には分かるまいがな」

「では、なぜ五郎太は剣術や組み討ちで、我らに一度も勝てぬのです」

風丸がなおも食い下がったが、それは一同の疑問でもあった。

「それは、稽古には殺気がないから五郎太が応じなかっただけのこと」

「け、稽古だから、我らは手加減されていたというのですか。この五郎太に」

「五郎太はあずかり知らぬこと。殺気に対してのみ、身体が勝手に動くように出来ている血筋なのだ」

「そ、そのような、五郎太の親のことなど我らは知りませぬし、五郎太に、そのような力があるなど、とても信じられませぬ」

「誰も試すことは出来ぬ。殺気を持ってかかれば、そのものは死ぬことになる。むろん死闘は禁ずる。よいか、儂の決めたことに、このうえ逆らうことは許さぬぞ」

夢想斎が言うと、さすがに風丸もそれ以上口を開くことは控えた。

「では、五郎太。姫様の部屋へ」

夢想斎が立ち上がった。

「おい、呼ばれておるぞ！」

ぼんやりしている五郎太の頭をゴツンと叩いて風丸が言った。

「あ、はい、ただいま……」

五郎太は慌てて立ち上がり、夢想斎の後を追った。

もちろん五郎太自身、姫を護送する大役をもらったことは光栄に思っている。そして、この閉鎖的な谷を出られ、広い世界が見られることも嬉《うれ》しかった。

ただ少しぼんやりしていたのは、大好きな朧と別れるのが寂しかったのだ。

朧は、剣術や体術、医術や変装など、様々な分野で優秀であるが、女の素破として大切な淫法も修業していると聞いている。

淫法とは、男女の交わりに関する快楽全般の術だ。

本来は、主君に子が出来ぬ時など、淫気を催すような愛撫《あいぶ》を駆使したり、逆に敵方に潜入し色仕掛けで秘密を聞き出し、あるいは快楽に呆《ほう》けたところを仕留めるという女ならではの術である。

しかし、朧は二十歳にしてまだ生娘《きむすめ》だった。だから淫法修業で快楽を知る場合は、男根を模した張り型を使用しているらしい。

そして、初めて情交した生身の男を婿にする掟《おきて》なのだった。

五郎太は、いつの日か朧と交わる相手に選ばれぬものかと期待していた。いや、婿に納まらなくても良いから、朧に触れたかった。

凜然《りんぜん》とした美しい顔立ちに、しなやかな肢体。そして稽古のあとに感じる甘ったるい汗の匂いに勃起し、何度手すさびしたことだろう。

本来素破は、敵地へ忍び込むときは身体中の全ての匂いを消すのだが、稽古のときは自然のまま汗の匂いを発していた。それが五郎太を酔わせ、覚えたばかりの手すさびに夢中になっていた。

絶頂の悦《よろこ》びの最中は極楽にいるようだった。そのときばかりは素破でなく、ごく普通の子供が相手でも不覚を取ることだろう。五郎太は、昨年あたりから、日に二度三度と熱い精汁を放たなければ気が済まぬほど淫気に心身を奪われていた。

やがて五郎太は夢想斎に従い、屋敷の奥まったところへと足を運んだ。もちろん入るのは初めてだ。

月影谷の衆は、基本的に普段から田畑を耕し、山を下りるのは、採れて余った作物を里へ売りに出るときだけだ。

たまには千秋も外へ出ることがあるが、先《ま》ず遠くから顔を拝むだけで、言葉など交わしたこともなかった。狭い場所ではあるが、城中と同じように千秋は何不自由なく大切に育てられてきたのである。

姫君の部屋に入ると、五郎太の鋭い嗅覚が、朧とは微妙に異なる生娘の体臭を嗅《か》ぎ取っていた。

(何と、控えめで上品な……)

五郎太は思い、いけないと思いつつ股間が妖《あや》しく疼《うず》いてきてしまった。

確かに、千秋は汗をかくほど動かないから匂いは淡いが、五郎太の嗅覚《きゆうかく》は、姫君の髪や吐息、腋《わき》や股間、足の匂いまで感じ取っていた。

「これが、姫様を江戸までお連れする五郎太にございます」

夢想斎が言い、五郎太は平伏した。

「五郎太、よろしく頼むぞ」

高みから、鈴が転がるように可憐な声が響いてきた。

「面を上げよ」

「は……」

言われて恐る恐る顔を上げると、五郎太が今まで見たこともないような絢爛《けんらん》たる着物に煌《きら》めく髪飾りをした千秋が笑みを浮かべて彼を見ていた。

「物心つく前からおる月影谷は、私の故郷です。離れるのは寂しいが、でも、やはり江戸にいる父には会いたい。よろしく頼むぞ」

「ははッ……」

五郎太は答え、もう一度畳に額をすりつけた。

本来なら、国許の藩士たちが乗り物で姫君を江戸まで運ぶべきなのだろうが、姫を預かっているのは正智と夢想斎だけの約定であり、しかも将軍を慮り大袈裟《おおげさ》な行列は控えたいようだった。

それに国許は、ようやく泰平の世になったばかりで、立て直しに大童《おおわらわ》なのである。

やがて千秋と五郎太は、明朝暗いうちから発《た》つということで、今日は五郎太も自分の部屋へと戻った。

寝るだけの三畳間である。

着替えなど、明日の仕度をしてから床を敷き延べ、寝巻に着替えて横になった。

(この部屋での手すさびも、今宵《こよい》限りに当分できないか……)

五郎太は思い、股間に手をやった。むろん姫君を江戸まで送り届けたら、主君の書状を持って月影谷に帰ってくるのだ。

そうすれば、少しは自分も見直されることだろう。もう素破が暗躍するような世にはならないような気がしていた。あとは嫁でも貰《もら》い、土に生きて子を成すのも幸せだろうと思っていた。

その前に、江戸が見られる。そう思うだけでも五郎太の胸は躍った。

そして下帯を解き、すでに激しく屹立している一物を握り、いつものように朧を思ってしごきはじめた。

明日から、姫君を連れての二人旅だ。むろん千秋と情交するわけにいかないが、寝ているときに匂いを嗅いで手すさびぐらい出来るだろう。それも楽しみだった。

自分の命は二番目に大切にするもので、一番は主命というのが谷の掟である。主命に背かぬ限り、全力で自分を守らなければならない。

武士と違い、自己犠牲の精神とは無縁であり、生きて役に立てという現実的な教えなのだった。

だから今宵、よもや嫉妬《しっと》に狂った風丸が襲ってくることなどないだろう。明朝、千秋を連れて谷を出るのは、もう頭目が決めたことなのだから。

五郎太は安心し、悠々と手すさびにのめり込んだ。

しかしそのとき、そっと戸が開いて、五郎太の部屋に誰かが入ってきた。

二

「お、朧様……」

五郎太は驚いて声を洩《も》らし、身を起こしながら慌てて股間を隠した。

「私の気配に気づかなかったの」

寝巻姿の朧は、嘆息して言った。

長い黒髪を束ねて垂らし、山育ちだというのに透けるように色白だった。眉が濃く、切れ長の目にスラリとした鼻筋、化粧気もないのに唇は赤く濡れ、ほっそりした長身だが胸も腰も娘らしい丸みを帯びていた。

「皆目……」

「困った男ね。一体どうしてお頭が選んだのか分からない。いいえ、谷の誰もが首を傾げているわ」

朧は、下帯を着けるわけでもなく、股間を押さえて困惑している五郎太を見下ろして言い、やがて自分も帯を解きはじめた。

「うわ……、どうして……」

「爺の言いつけよ」

「まさか、私が戻ってきたとき婿に……？」

「それは、首尾よく戻ってきたときの話。とにかく女のことを知らねば、姫様の面倒も見られないし、江戸へ行って多くの女に目移りしてもいけないからと」

言いながら、たちまち朧は寝巻を脱ぎ去った。下には何も着けておらず、白く輝くような肢体が露《あら》わになった。

むろん術は不得意でも、素破の端くれだから夜目は利く。格子から射す僅《わず》かな月光でも朧の肉体の隅々までが観察できた。

「さあ、五郎太も脱いで。全部」

五郎太は緊張と興奮に指を震わせながら、寝巻を完全に脱ぎ去り、全裸になった。どうやら自分の思い描いた夢が、その通りに実現に向かっているのである。

婿入りのことはさておき、今宵朧に触れられると思うと、それだけで今にも暴発しそうに高まってきてしまった。

「お、朧様……、もう、どうにも……」

「出そうなの？　いいわ、先に一度出して落ち着くのよ」

朧は彼を布団に横たえた。どうせ、何度でも射精出来ることぐらい知っているのだろう。

そして彼女も一物に顔を寄せ、熱い視線を注いで観察してきた。

「これが本物……、張り型と同じ形だわ……」

朧が呟《つぶや》いた。すでに彼女は、体験豊富な女から教育を受け、男の身体の仕組みから、様々な張り型を使い、気を遣《や》ることも知っている。

だが、生身の一物を見るのはこれが初めてなのである。

五郎太は仰《あお》向けのまま、緊張のあまり直立不動の姿勢になって身を強《こわ》ばらせていた。もちろん彼も、女に一物を見られるなど生まれて初めてのことである。しかも、憧れ続けていた朧の熱い視線と吐息を股間に受けているのだ。

恐る恐る見ると、朧の形良い乳房が息づき、薄桃色の乳首と乳輪が興奮をそそった。遠くから、水浴びしている姿を覗《のぞ》き見たことはあったが、こんなに触れられるほど近くで裸体を見る日が来ようとは夢にも思わなかった。

朧がそっと指を伸ばし、一物に触れてきた。

「いいのよ、我慢せず出して」

朧が囁《ささや》き、ほんのり汗ばんで生温かな手のひらに包み込み、硬度や感触を確かめるようにニギニギと動かしてきた。

「ああッ……」

五郎太は快感に喘《あえ》ぎ、初めて人の手で触れられて身悶《みもだ》えた。

しかし朧の動きは愛撫ではなく、探っているだけだ。

幹を握り、張りつめた亀頭をいじり、鈴口から滲《にじ》む粘液の雫《しずく》を指の腹で拭《ぬぐ》い取った。さらにふぐりにも指を這《は》わせ、二つの睾丸を確認した。それらの予想も付かない動きに五郎太は激しく高まった。

「温かくて柔らかいわ……」

確かに血が通っているし、黄楊《つげ》や鼈甲《べっこう》などで出来ている張り型などよりは柔らかく感じるだろう。

さらに朧は、驚くべき行動を起こした。彼の股間に屈《かが》み込み、そっと先端に舌を這わせてきたのである。

「く……！」

五郎太は、夢のような快感に呻《うめ》き、暴発を堪《こら》えて奥歯を噛《か》みしめた。出して良いと言われているが、頭目の孫娘の口を汚すのはためらいがあったし、それに少しでも長く、この快感を味わっていたかったのだ。

朧は舌先で粘液を舐《な》め取り、特に不味《まず》くもなかったか、さらに亀頭を舐め回し、スッポリと含んできた。もちろん口での愛撫も教わっているだろうし、日頃から張り型で稽古してきたのだろう。

彼女は喉《のど》の奥まで呑み込み、温かく濡れた口の中を引き締めて吸い、熱い鼻息で恥毛をくすぐりながら、クチュクチュと舌をからめてきたのである。

「アア……」

五郎太は、生温かく清らかな唾液にどっぷりと浸りながら喘ぎ、必死に絶頂を堪えた。

朧はいったんスポンと口を離し、ふぐりにも舌を這わせてしゃぶり、睾丸を転がしてから吸い、袋全体を唾液に濡らしてくれた。

この部分が男の急所というのも知っているようで、その舌の蠢《うごめ》きと吸引は実に優しいものだった。

やがて舐め尽くすと、幹の裏側を舐め上げ、再び深々と呑み込んできた。

今度は顔全体を小刻みに上下させ、濡れた口でスポスポと強烈な摩擦を開始したのだ。

もう限界である。

五郎太は、いくら我慢しても耐えられず、とうとう大きな絶頂の怒濤《どとう》に巻き込まれてしまった。

「い、いく……、アアーッ……！」

突き上がる快感に声を上げ、五郎太は溜《た》まりに溜まったありったけの熱い精汁を、大量にドクンドクンとほとばしらせ、憧れの美女の喉の奥を勢いよく直撃した。

「ク……、ンン……」

噴出を受け止め、朧が小さく鼻を鳴らして呻いた。それでも口を離さず、吸引と舌の蠢きは続行してくれた。

何という快感だろう。自分でする手すさびの何百倍もの快感と感激が彼の全身を包み込んだ。五郎太は股間を突き上げ、まるで朧の口と交接するように摩擦快感を味わい、最後の一滴まで出し切ってしまった。

「ああ……」

脱力感とともに声を洩らし、硬直を解いてグッタリと身を投げ出した。しかし頭目の孫娘の口に射精したことで、いつまでも胸の震えが治まらなかった。

朧は全て吸い出してから、亀頭を含んだまま口に溜まったものをゴクリと飲み下した。

「あう……」

嚥下《えんか》とともに口腔がキュッと締まり、彼は駄目押しの快感に呻いた。

（の、飲まれている……）

五郎太は息を震わせながら、自分の精汁が美女の栄養になって吸収されることに深い悦びを覚えた。

ようやく朧が口を離すと、淫らに唾液の糸が先端と唇を結んでキラリと光った。

さらに彼女は幹をしごくように揉《も》み、鈴口から滲む余りの雫を丁寧に舐め取った。

「く……」

射精直後で過敏になった亀頭を震わせながら、五郎太は腰をよじって呻いた。

「生臭いわ。これが精汁の味と匂いなのね……」

朧は大仕事を終えたように太い息を吐き、やがて彼に添い寝してきた。

「さあ、元に戻るまで私を好きにしていいわ」

彼女も、さすがに緊張してか身を強ばらせ、囁きを震わせていた。

五郎太は余韻に浸る余裕もなく、気が急《せ》くように彼女の胸に顔を迫らせ、腕枕してもらった。

目の前には、柔らかそうな乳房が息づき、薄桃色の乳首がツンと突き立っていた。

腋からは甘ったるい汗の匂いが漂い、上からは甘酸っぱい息が吐きかけられていた。

今までは、ふとすれ違う拍子に僥倖《ぎょうこう》のように嗅ぐだけだったのが、今は好きなだけ朧の匂いが嗅げるのだ。

そう思うと休む暇もなく、すぐにも一物がムクムクと鎌首を持ち上げてきてしまった。

五郎太は、恐る恐る乳首に吸い付き、舌で転がしながら柔らかな膨らみに顔中を押しつけていった。

もう片方にも指を這わせ、膨らみを優しく揉み、指の腹で乳首をいじった。

「ああン……」

朧も熱く喘ぎ、うねうねと身悶えはじめた。

五郎太は上になり、のしかかるようにしてもう片方の乳首も含んで舐め回し、さらに腋の下にも鼻を埋め込み、和毛《にこげ》に籠《こ》もる濃厚な汗の匂いに酔いしれた。

「く……、くすぐったいわ……」

朧が声を上ずらせて呻き、五郎太は滑らかな柔肌を舐め下りていった。

三

「あう……、感じる……」

五郎太が脇腹を舐め、真ん中に戻って形良い臍《へそ》を舐めると、朧がヒクヒクと肌を波打たせて喘いだ。

彼女は、全身どこも敏感に感じるようだった。

さすがに鍛えられた腹部は引き締まって筋肉が段々になり、太腿《ふともも》も荒縄をよじり合わせたように逞《たくま》しかった。しかし舌触りは実に滑らかで、うっすらした汗の味も五郎太の興奮を煽《あお》った。

張りのある下腹部から腰、ムッチリとした健康的な太腿に舌を這わせ、さらに朧の長い脚を舐め下りていった。

本当は早く肝心な部分を見たいが、せっかく一度射精させてもらったのだから、隅々まで観察し、陰戸《ほと》は最後に取っておきたかったのだ。

脛《すね》の体毛も野趣溢《あふ》れる魅力で、五郎太は足首まで下り、摑《つか》んで浮かせて足裏にも顔を押し当てた。以前から何かと朧ばかり盗み見て、そのたびに彼女の足を舐めたいと切に願っていたのだ。

踵《かかと》から土踏まずに舌を這わせ、大地をしっかり踏みしめる指の股に鼻を割り込ませると、そこは汗と脂にジットリ湿り、蒸《むさぼ》れた芳香が籠もっていた。

五郎太は憧れの美女の匂いを貪り、爪先《つまさき》にしゃぶり付いて桜色の爪を嚙み、順々に指の股にヌルッと舌を割り込ませて味わった。

「あう……、莫迦《ばか》、汚いのに……」

朧はビクリと顔をのけぞらせて呻き、それでも拒まず、彼の口の中で唾液に濡れた指先を縮めた。五郎太は貪り尽くしてから、もう片方の足にもしゃぶり付き、味と匂いが消え去るまで賞味した。

やがて彼は朧の脚の内側を舐め上げ、腹這いになって股間に顔を進めていった。

「アア……」

朧は熱く喘ぎ、僅かに立てた両膝《ひざ》を自ら左右全開にしてくれた。男の誰も敵《かな》わぬほど強くて剛胆な彼女も、さすがに生まれて初めて男の顔の前で大股開きになり、相当に激しい羞恥《しゅうち》を覚えているようだった。

五郎太も、ようやく女体の神秘の部分に辿《たど》り着いて、朧の中心部に目を凝らした。

白い肌が下腹から股間へと続き、そこでぷっくりとした丘になり、柔らかそうな恥毛がふんわりと煙っていた。

割れ目からはみ出した花びらは実に綺麗な桃色で、うっすらと潤いを帯びている。

「見て……」

朧は息を詰め、自ら両手を股間に当て、両の人差し指でグイッと陰唇を左右に広げて見せてくれた。ただ情交しに来たのではなく、五郎太に女の身体の仕組みを教えるのが目的なのだ。

中もヌメヌメと潤う柔肉で、下の方には襞《ひだ》が花弁状に息づく膣口があった。

「ここへ入れるのよ……。中で精汁を放って孕《はら》めば、十月十日《とつきとおか》のちに、ここから赤子が出るの……」

「ゆばりは……？」

「このあたり……」

股間から聞くと、朧が膣口の少し上を指して答えた。

なるほど、ポツンとした小穴が確認できた。これが尿口なのだろう。

「月の障りの時は血が出て、人によっては身体が重くて動けなくなるの。姫様は、しばらく来ないだろうけれど、慣れない旅で変調をきたすこともあるから気をつけて」

「承知しました。ときに、これは」

「あう……！」

五郎太がそっと指先で、割れ目上部にある突起に触れると、朧が息を呑んで呻き、ビクッと下腹を波打たせた。

「そ、それはオサネで、たいそう感じるところだから、そっと……」

朧が熱く息を弾ませて言う。股間に籠もる熱気と湿り気が、悩ましく五郎太の顔中を包み込んだ。

小指の先ほどの大きさをしたオサネは、ツヤツヤとした綺麗な光沢を放ち、良く見ると男の亀頭を小さくしたような形をしていた。

五郎太は観察を終えると指を引っ込め、もう我慢できず朧の陰戸にギュッと顔を埋め込んでいった。

柔らかな茂みに鼻をこすりつけると、隅々には何とも甘ったるい汗の匂いと、ほんのりしたゆばりの香りも入り交じって鼻腔を掻《か》き回してきた。

（なんと、良い匂い……）

五郎太はうっとりと酔いしれながら、貪るように朧の体臭を嗅ぎ、やがて舌を伸ばしていった。

舌先で陰唇の表面を舐めると、汗かゆばりか判然としない淡い味わいがあり、徐々に奥へ差し入れていくと、ヌルッとした淡い酸味の潤いが感じられた。これが、淫水の味なのだろう。

膣口に入り組む襞をクチュクチュと掻き回し、滑らかな柔肉をたどってオサネまで舐め上げると、

「ああッ……！」

朧が声を上げ、内腿でキュッときつく彼の顔を締め付けてきた。

五郎太も、もがく彼女の腰を抱え込み、夢中になって舌を這わせた。

上唇で包皮を剝《む》き、完全に露出した突起を弾くように舐め、吸い付くと、蜜汁の量が格段

に増えてきた。

さらに彼は朧の腰を浮かせ、白く丸い尻の谷間にも顔を寄せていった。

谷間の奥には、薄桃色の蕾《つぼみ》がひっそり閉じられており、可憐に襞を震わせていた。鼻を押しつけると、顔中に張りのある双丘が密着して心地よく、蕾に籠もった秘めやかな微香も激しく彼を興奮させた。

美女の匂いを何度も嗅いでから、舌先でくすぐるように蕾を舐めると、

「く……！」

朧が息を詰めて呻き、浮かせた脚をガクガクと震わせた。

五郎太は執拗に舐めて濡らし、舌先を中に潜り込ませると、ヌルッとした滑らかな粘膜に触れた。

「あう……」

朧が声を洩らし、キュッと肛門で彼の舌先を締め付けてきた。

彼は出し入れさせるように舌を蠢かせ、やがて鼻先を濡らす淫水の滴りをたどって、再び陰戸に舌を戻してゆき、オサネに吸い付いた。

「アアッ……、き、気持ちいい……、五郎太、入れて……！」

朧が声を上ずらせてせがみ、彼も舌を引っ込めて身を起こした。

どうやら彼女は、指でオサネをいじり、充分に濡らしてから張り型で快感を得る訓練をしていたのだろう。だから挿入の準備もすっかり整ったようだった。

五郎太は緊張しながら、朧の股間へと身を割り込ませていった。もちろん一物はすっかり回復し、さっきの射精など無かったことのように張り切っていた。

急角度にそそり立っている幹に指を添えて下向きにさせ、先端を陰戸に擦《こす》りつけ、ヌメリを与えながら位置を探った。

「もう少し下……、そう、そこ……、来て……」

朧は僅かに腰を浮かせて位置を定めてくれた。

彼が柔肉に先端をこすりつけながら移動させると、いきなり落とし穴に落ち込んだようにヌルッと亀頭が潜り込んだ。

「あう……、もっと深く、奥まで……」

朧が身を弓なりにさせ、息を詰めて言った。

股間を進めると、あとはヌメリに助けられ、ヌルヌルッと滑らかに一物が根元まで吸い込まれていった。

何という心地よさだろう。肉襞の摩擦が雁首《かり》と幹を擦り、熱く濡れた柔肉がキュッときつく締め付けてくるのだ。五郎太は股間を密着させたまま、憧れの美女の温《ぬく》もりと感触を噛み締めた。

「脚を伸ばして……」

朧が言い、彼もそろそろと片方ずつ脚を伸ばして身を重ねていった。

彼女が下から両手でしがみつき、五郎太も肩に腕を回して抱きすくめた。胸の下では柔らかな乳房が押し潰《つぶ》されて弾み、恥毛もこすれ合い、奥からはコリコリする股間の骨の膨らみまで感じられた。

「突いて……、強く……」

朧が息を弾ませ、いちいち指示を出しながら、待ちきれないようにズンズンと股間を突き上げてきた。

「う……」

五郎太も暴発を堪えながら腰を使い、徐々に調子をつけて律動しはじめた。

まさに、一物の居場所はこの穴なのだと実感するほど、それはピッタリと繋《つな》がっていた。

さっき口に射精していなかったら、挿入時の摩擦だけで、あっという間に果てていたことだろう。

なるほど、これほど心地よいものであれば、女の取り合いで殺し合いが起き、あるいは城が傾くことも納得できる思いだった。

「ああ……、やはり本物は違う……、もっと深く突いて……」

朧はとても生娘とは思えぬ勢いで息を弾ませ、彼の背に爪を立てて言った。

しかし五郎太は、あまりに大量の潤いに抜けそうになり、しかも朧が容赦なく股間を突き上げてくるので、快感よりも何とか完遂しなければという気負いの方が先に立ってきてしまった。

そうなると気がそぞろになり、急に相手が頭目の孫娘である緊張も湧いて萎《な》えかけてきた。

その瞬間、一物はヌルッと外れてしまった。

四

「あう……、焦らないで……」

朧が、快楽を中断されて詰《なじ》るように言った。

「じゃ、私が上になってもいい？」

「はい、その方が……」

五郎太は答え、布団に仰向けになっていくと、入れ替わりに朧が身を起こした。

そして一物を確認し、そっと握った。

「萎えているわ。私が怖い？」

「いえ、急に緊張してしまい……」

「そう、落ち着いて」

朧は屈み込んで再び亀頭をしゃぶってくれた。長い髪がサラリと下腹部を覆い、その内部に熱い息が籠もった。

「アア……」

五郎太は快感に喘ぎ、たちまちムクムクと元の大きさを取り戻した。

勃起を確認した朧も、唾液のヌメリを与えただけでスポンと口を引き離し、身を起こして跨《また》がってきた。素破というのは武家と違い、夫になるかも知れぬ男だろうと、跨ぐことを何とも思っていない。

自らの唾液で濡れた幹に指を添え、先端を陰戸に押し当てながら、彼女は息を詰めてゆっくりと腰を沈み込ませてきた。

屹立した肉棒は、再びヌルヌルッと滑らかに美女の柔肉の奥へ呑み込まれてゆき、朧も完全に座り込んで股間を密着させた。

「ああ……、いいわ……、奥まで届く……」

朧が顔をのけぞらせて喘ぎ、グリグリと股間をこすりつけるように動かしてから、やがて身を重ねてきた。

五郎太もしがみつき、朧の重みと温もりを全身に受け止めた。僅かに膝を立てると、局部のみならず内腿や尻の密着感も増した。

朧も再び腰を使いはじめ、柔らかな乳房を五郎太の胸にこすりつけながら、近々と顔を寄せて、彼の目の奥を覗き込んできた。

「初めての男……」

朧が囁き、熱く湿り気ある甘酸っぱい息が彼の鼻腔を刺激した。

最初は夢想斎の命で、嫌々来たが、今はすっかり淫気と好奇心に包まれ、とことん男を味わう気になっているようだ。

そのまま彼女は、上からピッタリと唇を重ねてきた。隅々まで全身を舐め、最後に口吸いが出来るというのも嬉しいものだった。

柔らかな感触を味わい、果実臭の息の匂いに酔いしれた五郎太は、彼女の視線が眩《まぶ》しくて薄目になった。

触れ合ったまま口が開き、間からヌルリと舌が伸びてきた。それは彼の唇の内側と歯並びを舐め、彼が歯を開くと奥まで侵入してきた。

チロチロと蠢く舌を伝い、生温かな唾液がトロリと注がれ、五郎太はうっとりと味わい、

喉を潤した。そして彼も舌を差し入れていくと、

「ンン……」

朧はチュッと吸い付き、熱く息を洩らした。

長い口吸いの間も彼女の律動は続き、大量に溢れる淫水が動きを滑らかにさせ、彼のふぐりから内腿までビショビショに濡らして、ぴちゃくちゃと淫らに湿った音を立てはじめていた。

五郎太も股間を突き上げる。角度と調子の合わなかったさっきと違い、実に軽やかな動きとなり、摩擦快感も急激に増してきた。

「ああ……、気持ちいい……」

唇を離した朧が顔をのけぞらせて喘ぐと、淫らに糸を引いた唾液がキラリと光った。

そして次第に夢中になって腰を使い、屈み込んで五郎太の乳首を舐め、キュッと歯まで立ててきた。

「あう……、もっと……」

五郎太も甘美な痛みと快感に呻き、身をくねらせて股間を突き上げた。

朧は熱い息で彼の肌をくすぐり、左右の乳首を嚙み締め、さらに首筋を舐め上げて、何度も彼の口や鼻の穴を舐め回した。

「い、いく……、朧様……」

甘酸っぱい芳香に包まれ、果ては顔中、美女の生温かな唾液にまみれながら、たちまち五郎太は大きな絶頂を迎えてしまった。

「く……！」

突き上がる快感に呻きながら、五郎太は熱い大量の精汁をドクドクと柔肉の奥へほとばしらせた。

「あ、熱いわ……、いい気持ち……、アアーッ……！」

噴出を受け止めた途端、朧も激しく気を遣り、息を震わせて喘いだ。そしてガクンガクンと狂おしい痙攣《けいれん》を開始し、膣内の収縮も最高潮にさせて締め付けた。

実に夢見心地の快感だった。朧の口に射精し、飲んでもらったときも極楽気分だったが、やはり情交とはこのように男女が一体となり、快楽を分かち合うことこそが最高なのだと実感した。

あとは互いに声もなく股間を押しつけて快楽を貪り合い、五郎太も過ぎ去りゆく波を惜しむように必死に腰を突き上げた。

「ああ……」

すっかり出し切り、五郎太は満足しながら声を洩らし、徐々に動きを弱めていった。

すると朧も、全身の硬直を解きながらグッタリと力を抜き、彼に体重を預けてもたれかかってきた。

彼は汗ばんだ肌を密着させ、朧のかぐわしい吐息を間近に嗅ぎながら、うっとりと快感の余韻に浸り込んでいった。そして旅立ちの前夜に男になれたことを、限りない幸福と思い胸に刻みつけたのだった……。

五

「では五郎太よ。姫様を江戸まで頼むぞ」

夢想斎が言った。

翌朝、まだ暗い七つ（午前四時頃）だ。秋の風が涼しく、今日も快晴らしく満天に星がきらめいていた。

谷の衆も、全員が見送りに出てきていた。

五郎太は、編み笠に柄袋《つかぶくろ》をした二本差し、手甲脚絆《てっこうきゃはん》の武家姿だった。千秋も、絢爛たる着物ではなく質素な武家娘の旅姿である。手形も皆川藩主のものなので、江戸へ赴く藩士夫婦というなりになっていた。

だから五郎太も、月影という姓を名乗ることにした。

「はい、では行って参ります」

「お世話になりました。皆の衆もお元気で」

五郎太と千秋は辞儀をし、やがて歩きはじめた。

谷を出ると、五郎太の主人は夢想斎から千秋になった。あとは彼女の言いつけ通りに動き、江戸まで無事に送り届けるだけである。

「姫様、足が痛くなったら遠慮なく仰《おっしゃ》ってくださいませ。いつでも背負いますので」

「大事ありません。むしろ初めての旅に心浮かれます」

竹杖を突いた千秋が明るく健気《けなげ》に答え、思っていた以上にしっかりした足取りで山道を下っていた。

「それより、姫様と呼ぶのはいけませんね。江戸までは、夫婦ということですので」

「そうでした。しかし姫様を呼び捨てにするわけに参りません」

「では、秋と」

「承知しました。秋、ならば……」

五郎太は面映《おもは》ゆい思いで言い、千秋を気遣いながら提灯《ちょうちん》で足元を照らしてやり、ゆっくりと進んだ。

本当は、千秋に野宿などさせたくないので、今日は土浦の宿場まで急ぎたいところだったが、女の足ではそうもいかなかった。土浦の宿までは、直線で約五里（約二十キロメートル）はある。

もっとも五郎太自身、初めての旅だから、道しるべなどを頼りに進むだけである。

風に乗り、ほんのりと千秋の甘く上品な汗の匂いが感じられた。そうなると五郎太は、つい昨夜の朧とのことを思い出してしまった。

まだ身体の隅々には、朧の感触と匂いが残っている気がした。

情交というものは、今までは一度できれば死んでも良いと思っていたが、やはり一度すれば、さらにしたくなるものだと知った。

そして朧の肉体を知ったことにより、いけないと思いつつ千秋の陰戸もあのようであろうかと、つい妄想も現実的な情景として思い浮かべてしまうようになった。

やがて東天が白みはじめ、小鳥の声が聞こえてきた。

たまに野菜を売りに来る里を通過すると、次第に空も明るくなり、彼は提灯を消した。

しかし、これから先が未知の場所なのである。

里を抜けると、またさらに鬱蒼《うっそう》とした森の間を通り抜けることになった。

「大丈夫ですか。いや、大丈夫か、秋」

「ええ、もう明るいので怖くありません。それより、厠《かわや》へ……」

五郎太は微《かす》かに胸を弾ませ、周囲を窺《うかが》った。

道の片側は平坦な野原だ。五郎太は草の中に入り、蛇でもいないか足で草を掻き分け、木陰に千秋を招いた。

「では、このあたりで。近くについていなくて良いかな」

「ええ、恥ずかしいので遠くに離れていてくださいませ」

五郎太は見たいのを我慢して道へ戻り、遠目にしゃがみ込んだ彼女を確認しながら股間を熱くした。

その瞬間、五郎太は鋭く飛来する手裏剣を大刀の柄で弾き飛ばしていた。

「うぐ……！」

十間（約十八メートル）ほど離れた草むらから声が上がり、風丸が身を起こした。その胸には、五郎太が弾き返した手裏剣が深々と刺さっている。

「こ、こんな、莫迦な……」

「風丸さん……！」

五郎太は驚いて駆け寄り、がくりと膝を突いた風丸の身体を支えた。

「毒を塗ったのですね。なぜこんなことを……」

「し、信じられぬ……。お前を亡き者にし、代わりに姫を江戸まで連れて行こうと思ったのだが……」

手裏剣の名手である風丸が、目を見開いて五郎太を見上げながら声を絞り出した。

彼もまた旅支度だ。おそらく勝手に谷を抜け、五郎太が野盗に襲われて死んだので自分が代わりに、と後から手紙でも書くつもりで追ってきたらしい。

「仲間にも、力を隠していたか。油断ならぬ奴……」

自分こそ仲間を殺そうとしたくせに、風丸は口を歪《ゆが》めて言った。

「隠してません。身体が勝手に動くだけなのです」

五郎太は言ったが、すでに毒が回った風丸は、虫の息で草の中に崩れた。

仕方なく、彼はそのまま立ち上がり、そろそろ用を足し終える千秋を待った。

むろん風丸は単独だった。その隙《すき》に姫を拐《かどわ》かそうという仲間もいない。それらの気配を五郎太は無意識に察していた。

やがて千秋が立ち上がり、何があったかも全く知らぬままこちらへ歩いてきた。素破同士の戦いは無音で、会話も読唇術に近い囁きである。

「お待たせしました」

五郎太も笑みを浮かべて彼女を迎え、また歩きはじめた。

先輩である颪丸を殺《あや》めたことで胸が痛むが、仕方のないことだった。五郎太は、すぐに気持ちを切り替えていた。

いくつかの里を越えると、次第に森が切れて、田畑の方が多く目に付くようになり、遠くにも点在する家々が見えはじめてきた。

日が昇ると暑くなり、千秋の甘ったるい汗の匂いが濃く感じられてきた。谷にいるときは、あまり動かなかったから、こうした姫君の濃い匂いも初めてで五郎太は興奮した。

とにかく彼は、千秋の足運びと呼吸に気を配って歩いたが、思っていた以上に壮健なのが嬉しかった。大きな街道へ出れば駕籠《かご》もあるだろうから、それまでは辛抱してもらわなければならない。

「ねえ、編み笠の武士が、ずっと後をついてきます」

千秋が言い、五郎太も気づいていたが振り返って確認した。

「ええ、我らには関係ない人ですよ」

安心させるように言うと、千秋もすっかり彼を頼りにしているように頷《うなず》いた。

しかし街道へ出る前に、木々の間の寂しい場所を通過すると、草の中から数人の野盗が現われた。凶悪な髭面《ひげづら》ばかりで、全部で六人。みな剛刀を帯び、中には弓を背負ったものもいる。

「若夫婦か。身ぐるみ脱いで置いてゆけ。そうすれば命ばかりは助けてやるぜ。女はもらうがな」

首領らしい赤鬼のような大男が笑みを含んで言い、二人を取り囲んだ。

「通してください。急ぎなのです」

五郎太が言うと、千秋が恐ろしげに彼の背にしがみついた。

「着物を裂きたくねえんだよ。早くしろい」

脅すように言い、男がスラリと大刀を抜き放った。

「おい、斬《き》ったら着物が血で汚れるぜ。俺が頭をぶち抜いて、急いで脱がせよう」

弓の男が矢をつがえて身構えた。

脅しではなかった。男はすぐに剛弓を引き絞り、勢いよく放った。なるほど、弓が自慢らしく、それは狙い過《あやま》たず五郎太の眉間《みけん》に飛来した。

しかし、額を貫かれて立ちすくんだのは、弓の男の方だった。

またもや五郎太が、抜いた刀で矢を弾き返していたのである。

「なに……、お前がやったのか……」

連中が色めき立ち、五郎太の抜いた刀と、どうと崩れた男の両方を見て目を丸くした。

背後にいる千秋も、何が起きたか分からないほどの素早さであった。

「と、とにかく見かけによらず手強いぞ。着物は諦《あきら》めて、女と金だけでも奪うんだ！」

首領が言うと、残る四人も一斉に抜刀して五郎太に切っ先を向けてきた。

「少し離れて」

五郎太が千秋に言うと、どこから現われたか編み笠の浪人が、彼女を抱えて遠くへと引っ張っていった。

「ひい……！」

千秋が声を震わせたが、その隙に五人が斬りかかってきた。

五郎太は千秋を浪人に任せ、一合も刀を触れ合わせることなく、連中の間を軽やかに通り過ぎ、すでに懐紙で刃を拭って素早く納刀していた。

「な……」

千秋を抱えた浪人が、感嘆の声を洩らした。

同時に、五人が斬られた喉笛から血を噴いて次々に草に倒れていった。五郎太は、一滴の返り血も浴びていない。

「何と、凄まじい……」

浪人の声に、千秋がその顔を見上げて目を丸くした。

「そ、そなたは……」

「朧様、監視ですか」

五郎太は二人の方へ戻って言った。

朧は編み笠を脱いだ。髪を束ねて垂らし、前髪も凛々《りり》しい男姿ではないか。

確かに長身の彼女が旅をするなら、女姿よりも男のふりをして二本差しの浪人姿の方が似合うし目立たない。

その颯爽《さつそう》たる朧が、血の気を失《な》くして唇を震わせていた。

「風丸を倒すところも見ていたが、やはり、爺が選んだだけのことはある。私は見る目がなかった……」

「まさか、風丸さんのように私を倒して姫を江戸へ？」

五郎太が笑って言うと、朧は恐ろしげにビクリと身じろいだ。

「無理だ。私にお前は倒せぬ……。いや、爺に護衛するように言われたのだ」

朧が言う。

まあ、護衛と言うより、五郎太が谷へ戻ったときの婚儀の前に、朧にも江戸を見せてやろうという夢想斎の思い遣りなのだろう。

「そうですか。ではご一緒に」

「朧が一緒なら私も嬉しい」

千秋も男姿の朧を惚れ惚《ぼれぼ》れと見つめて言った。

「いや、三人は目立つから、私は影となってついてゆく」

朧が言った。確かに、夫婦者と浪人が一緒というのも人目を引くかも知れない。

「分かりました。では先に行きます」

「ああ、私はこいつらの金を集めてから追う」

五郎太が千秋を促して歩きはじめると、朧は六人の野盗の懐中を探った。

元より死人に金は要らぬし、路銀も少ないので千秋が不自由するかも知れない。武士ならしないことだが、素破は何でも利用する。死人の金を取ることぐらい何とも思っていなかった。

やがて五郎太は千秋と街道まで出て、あとは比較的平坦な道を行くと、木々も少なくなり、拓《ひら》けた田畑の風景が主となった。

「足は痛くないか」

五郎太が、夫のような口調に気恥ずかしさと畏《おそ》れ多さを感じながら言うと、

「ええ、大丈夫……」

千秋も淑《しと》やかに答え、健気に大地を踏みしめて歩いていた。

「でも五郎太、いや、旦那様は強いのですね。朧も心強いけれど、やはり二人の旅の方が楽しい」

千秋が羞《は》じらいを含んで言った。

元より彼女も、城中で暮らしてきた姫ではなく、物心ついてからずっと素破の谷に育ってきたのだから、野盗の死に際してもさほどの衝撃は受けていない。むしろ五郎太への頼もしさを増したようだった。

やがて茶店で遅い昼餉《ひるげ》を済ませ、竹筒に水を補充して再び歩きはじめた。振り向いても、朧の姿はない。あるいは、千秋が五郎太を頼りにしはじめていることに妬心《としん》を抱き、距離を置いているのかも知れない。

さすがに千秋も、生まれて初めての遠出に疲れたか、徐々に歩みが遅くなり、もう間もなく土浦の宿というところで日が傾いてきた。

宿場と宿場の間だから周囲も野原ばかりで寂しく、泊めてくれるような家もない。

「では、今宵はあそこで寝ることにしましょう」

五郎太は、山の麓《ふもと》にある古寺を指して言い、街道を外れてそちらへと千秋を誘った。

近づくと、無人の荒れ寺だったが、野盗が屯《たむろ》している様子はない。充分に夜露も凌《しの》げそうだった。

庫裡《くり》に入って大小を置くと、囲炉裏に火を起こし、二人は茶店で購《あがな》った握り飯で夕餉を終えた。

そして五郎太は筵《むしろ》を敷き、着物を脱いで襦袢《じゅばん》姿になった千秋を横たえて足袋《たび》を脱がせ、足裏を指圧してやった。

汗ばんでいるが肉刺《まめ》が潰れた様子もなく、足裏から脹《ふく》ら脛《はぎ》まで揉んでやっているうち、いつしか千秋は軽やかな寝息を立てはじめたのだった。

五郎太は、いけないと思いつつ股間を熱くさせてしまった。

第二章　好奇心に疼く姫の花弁

一

（なんて柔らかい……）

五郎太は、千秋の足に触れながら、激しく勃起して思った。

そして、彼も着物と袴《はかま》を脱ぎ、下帯一枚になって思わず屈み込み、そっと姫君の足裏に顔を押し当ててしまった。

どこからか、朧が見ているかも知れない。

しかし朧に殺気がない以上、五郎太の能力は凡慮な、いや、むしろうつけに戻っているので、その気配は分からなかった。そして今、朧が出てこないということは、もう今宵は姿を現わすことはないだろう。

彼は千秋の足裏に舌を這わせ、指の間に鼻を割り込ませた。

いかに箱入りの姫君でも、今日は一日中歩き続けたのだ。さすがに指の股は汗と脂に湿り気を帯び、生ぬるく蒸れた芳香を籠もらせていた。

おそらく姫の一生のうち、一番体臭が濃いのが、今宵だった。

五郎太は爪先にしゃぶり付き、順々に指の股を舐め、桜色の可憐な爪を嚙み、まるで汚れを落とすのが務めであるかのように念入りに貪った。やがて味と匂いが消え去ると、もう片方の足も求め、新鮮な匂いに陶然となった。

千秋は寝入りばなの熟睡で、ピクリとも反応せず、軽やかで規則正しい寝息が乱れることはなかった。

もちろん五郎太も、足だけで満足できるものではない。

最初のうちは、こっそり添い寝し、可愛らしい汗の匂いや寝息でも嗅ぎながら手すさびしようと思っていたが、足にしろいったん触れてしまった以上、もう淫気は止めどなくなってしまった。

元より武士ではない。千秋は主筋であるが、五郎太の主人は頭目の夢想斎であり、姫を無事に送り届けることが五郎太の任務である。

姫君への畏れ多さは感じるが、何も犯そうというのではない。眠りを妨げない程度に触れる分には構わないだろうという気持ちになっていた。

やがて五郎太は、目眩《めまい》を起こすほどの緊張と興奮の中、そっと彼女の腰紐を解き、襦袢を左右に広げた。

気づかれれば、汗を拭《ふ》いていたと言えば良い。物心ついてから、何から何まで人に世話を焼かれていた生娘だから、疑うこともないだろう。

透けるように色白の肌が露わになり、形良い乳房が息づいていた。乳首は初々しい桜色で、乳輪も周囲の肌に微妙な色合いで溶け込むほど淡いものだった。

さらに腰巻きの紐を解き、そろそろと開いていった。

実に神々しい、美しい肢体が晒《さら》された。朧も美しいが、彼女は小柄な五郎太より長身だ。千秋は、何とも可憐な人形のように愛らしく、また輝《む》くほどに清らかだった。

もちろん同じ生娘でも、張り型すら知らない完全な無垢だ。

五郎太は、いちおう汗を拭くという名目なので手拭いを手にして、まずは千秋の胸に屈み込んだ。

今まで感じたこともない甘ったるい汗の匂いが、胸元や腋から馥郁《ふくいく》と揺らめいてきた。

興奮に息を震わせながら、五郎太は恐る恐る舌を伸ばし、無垢な乳首に触れた。

微かに、千秋の柔肌がピクンと震えたが、寝息の乱れはなかった。

そっと含んで舌で転がし、もう片方も気づかれぬ程度に優しく吸った。さらに腕を差し上げ、和毛の煙る腋に鼻を押しつけると、胸の奥が溶けてしまいそうに甘ったるい汗の匂いが鼻腔を満たしてきた。

姫君の体臭に酔いしれた五郎太は、貪るように嗅ぎ、そっと湿った肌に舌を這わせた。うっすらと汗の味がし、愛らしい和毛の感触も心地よく鼻をくすぐった。

そして悩ましい体臭を充分に嗅いでから身を起こし、千秋の下半身へと顔を移動させていった。

足首を両手で押し包むようにして浮かせ、左右ともゆっくりと左右に開かせた。

腹這いになり、むっちりと張りのある内腿に頰《ほお》ずりしながら陰戸に顔を迫らせると、そこからも汗の匂いを含んだ熱気と湿り気が漂ってきた。

股間の丘の若草は、ほんのひとつまみほどの楚々としたもので、薄墨を刷《は》いたように淡く煙っていた。

割れ目は饅頭《まんじゆう》のように膨らみを帯び、僅かに桃色の花びらがはみ出しているだけの初々しいものだった。

そっと指を当てて陰唇を広げると、やはり中は綺麗な桃色の柔肉で、襞の入り組む無垢な膣口が見えた。オサネは小粒で、包皮の下から僅かに顔を覗かせているが、ちゃんと可憐な光沢を放っていた。

堪らずに、五郎太は千秋の中心部に顔を埋め込んでいった。

柔らかな茂みに鼻をこすりつけて嗅ぐと、甘ったるい汗の匂いに混じり、ほんのりとしたゆばりの刺激も感じられた。

彼は何度も鼻を鳴らして嗅ぎ、やがて舌を這わせていった。差し入れて襞の入り組む膣口を探るように舐め、ゆっくりとオサネまでたどっていくと、

「う……」

千秋が小さく息を詰めて呻き、ピクッと内腿を震わせた。

五郎太は硬直して舌の動きを止め、彼女の呼吸が平常に戻るのを待ち、またオサネを舐め回した。

すると彼女は何度か下腹を波打たせると、むずがるように身体を縮め、ごろりと寝返りを打ってしまった。五郎太も素早く頭を引っ込めて様子を見たが、すぐに千秋の寝息が平静になっていった。

今度は、彼の方に白く丸い尻が突き出された形になった。

五郎太はそろそろと顔を寄せ、双丘に顔を密着させた。ひんやりとした心地よい感触が顔中に伝わり、さらに指で谷間を広げて観察すると、可憐な薄桃色の蕾がひっそり閉じられて

いた。

鼻を埋め込むと、やはり朧に感じたような、秘めやかな微香が籠もっていた。

素破だろうと姫君だろうと、やはり用を足すのは全く同じなのだ。

五郎太は千秋の匂いを貪るように嗅ぎ、舌先でチロチロと蕾を舐めた。

微かに、ピクンと尻が震えたが、寝息に乱れはなかった。やはり生まれて初めての遠出で歩きづめだったから、滅多なことでは目を覚まさないのだろう。

彼は執拗に姫君の肛門を舐め、細かに震える襞をヌルヌルにさせてから、舌先を潜り込ませた。そして滑らかな粘膜まで味わい、舌を出し入れしていると、再び千秋が寝返りを打ってきた。

やはり眠りながらも、違和感を覚えるのだろう。

脚をくぐって、仰向けに戻った彼女の股間に顔を埋めると、驚いたことに、僅かの間に大量の蜜汁がネットリと割れ目内部に満ちていた。

五郎太は、自分も下帯を取り去り、全裸になった。

別に挿入しようというのではない。そろそろ、彼女の味と匂いを得ながら手すさびしようと思ったのだ。

ヌメリは淡い酸味を含み、舌の動きを滑らかにさせた。

そして唾液と淫水に濡れた舌でオサネを舐め上げると、

「ああッ……」

千秋が熱く喘ぎ、内腿でギュッときつく彼の顔を締め付けてきた。

同時に、彼女がぱっちりと目を覚まし、周囲を窺ってから股間に目をやってきたのだ。

「まあ、五郎太……、何を……、あん!」

もう避けようもなく、彼がなおも舌を這わせると、千秋がビクッと震えて喘いだ。

そして半身を起こし、股間にいる彼を見下ろした。

「何をしているの……」

「申し訳ありません。今宵は宿に泊まれませんでしたので、せめて身体をお拭きし、綺麗にしておりました」

「何も、舐めなくても……」

千秋は寝ぼけたように力無く言い、再び仰向けになった。

「でも、ことのほか心地よかった……。五郎太、もっと……」

何と、千秋が求めてきた。

確かに、姫君にしてみれば厠で用を足す以外に触れることのない場所だが、誰もが感じるように出来ているのだ。

そして人の顔の前で股を開く羞恥は、それほどないようだった。草むらで用を足したときは、さすがに排泄だから見られたくなかったのだろう。

五郎太は、再びオサネに舌を這わせはじめた。

「アア……、いい気持ち……」

千秋は、眠気と快感の狭間《はざま》で熱く喘いで言い、下腹を震わせながらうっとりと力を抜いていった。

五郎太はトロトロと溢れる蜜汁をすすり、執拗にオサネを舐め回した。

むろん過敏な生娘だから、しつこくならぬよう、時には包皮の上から淡く刺激し、あるいは膣口の周りに舌先を集中させた。

しかし、やはりオサネを舐めるときに千秋は激しく反応した。

「あうう……、そこ……」

舌先がオサネに這うと千秋も次第に息遣いが激しくなっていった。

五郎太は舐め上げ、ときにはそっと吸い付きながら、そろそろと指先を無垢な膣口に這わせて、浅く差し入れてみた。さすがに指一本でやっとなほど狭く、中は熱いほどの温もりと大量のヌメリが満ちていた。

小刻みに入り口周辺を擦ると、クチュクチュと卑猥に湿った音が響きはじめ、やがて千秋が顔をのけぞらせ、硬直したまま痙攣しはじめた。

「き、気持ちいい……、アアーッ……！」

千秋が弓なりに身を反らせたまま、声を上ずらせて口走った。膣内の収縮も活発になって指を締め付け、彼の顔を挟みつける内腿にも強い力が入った。

どうやら、千秋は激しく気を遣ってしまったようで、五郎太は彼女がグッタリとなるまで愛撫を続けてやった。

二

「五郎太……、今のは何だったの……」

四肢を投げ出した千秋が、息を震わせて言った。

「は、気を遣ったのだと思います。女の方はオサネや陰戸への刺激を受けると、今のようにたいそう心地よくなると聞きますので」

「そう……」

五郎太が答えると、千秋は小さく頷き、まだ快感の余韻にビクッと柔肌を震わせていた。

しかし、今の絶頂で目が冴えてしまったように、傍らで全裸でいる彼の股間に視線を注いできた。

「これが、男のもの……」

千秋がそっと手を伸ばしてきた。

五郎太も畏れ多いと思ったが添い寝し、彼女の好きにさせた。

「硬くて大きい。歩くとき邪魔ではないの……？」

「普段は柔らかく小さいのです。今は、美しい姫様に触れられているので、このように大きく……」

五郎太は言った。やはり外で夫婦の言葉遣いをするより、こうして姫君相手として囁き合う方がしっくりしていた。

「なぜ、触れると大きく……？」

「それは、情交できるようにです。柔らかいと陰戸に入れにくいですから」

「なるほど、子を生《な》すときに行なう交わりですね」

千秋も、それぐらいの知識は谷の乳母から聞いていたようだ。

「入るのかしら。このように大きなものが……」

「入るように出来ていますし、そのため陰戸も濡れるのです。私のものは、ごく普通の大きさですし」

五郎太は、自分も覚えたばかりなのに千秋に教授し、その間も無邪気な指に弄《もてあそ》ばれ、後戻りできないほどの淫気に見舞われてしまった。

もちろん姫君を孕ませたりしたら大事である。藩主正智が怒り狂い、月影谷を滅ぼしに兵を挙げるかも知れない。

しかし千秋は、自分の陰戸にも触れた。

「確かに、たいそう濡れています……」

言いながらも、まだ過敏になっているのか、陰戸からビクリと手を引っ込めた。

そして彼女は再び一物に興味を持ち、とうとう身を起こして顔を寄せると、いじりながらしげしげと観察をはじめた。

「なんと、おかしな形……」

細くしなやかな指が、張りつめた亀頭を撫で、青筋だった幹をやんわりと握ってきた。

汗ばんだ手のひらでニギニギと愛撫し、さらにふぐりにも指を這わせた。

「これは、お手玉のよう……」

「中に玉が二つ。あう……、そこは精汁を溜める急所ですので、どうか優しく……」

コリコリと睾丸をいじられ、思わず五郎太は腰を浮かせて言った。

やがて千秋も、ふぐりから再び肉棒に指を戻した。

「先っぽが濡れている。これはゆばり？」

「いえ、姫様が濡れたのと同じ、入れやすくするための淫水です」

五郎太が答えると、とうとう千秋は口を寄せ、赤い舌を伸ばしてチロリと鈴口を舐め、膨らんだ淫水の雫を味見した。

「く……、ど、どうか、お止《や》め下さいませ……」

「なぜ、五郎太も舐めてくれたのに」

「いえ、あまりに心地よくて、精汁が出てしまいます。姫様のお口を汚すわけに参りませんので……」

「子の種ならば汚くないでしょう」

千秋は言い、再び先端を舐め回し、小さく上品な口にそっと亀頭を含んできた。

「う……」

五郎太は快感に呻き、必死に奥歯を嚙みしめて暴発を堪えた。

しかし千秋は夢中になったように内部ではヌラヌラと舌を這わせ、熱い鼻息で恥毛をくすぐりながら、上気した頰をすぼめて吸ってくれた。

たまに当たる歯も新鮮な刺激となり、たちまち亀頭は姫君の清らかな唾液に温かくまみれた。しかし幸い、五郎太が漏らしてしまう前に、頰張って疲れたように千秋はチュパッと軽やかな音を立てて口を離した。

しかし、彼女の好奇心はまだまだ治まらなかった。

「ね、入れてみて。五郎太……」

熱っぽい眼差《まなざ》しで彼を見て言い、千秋は再び横になってきた。

「そ、それはなりません……」

「なぜ」

「孕みでもしたら、私のみならず月影谷が滅びます」

「中で精汁を出さねば良い。交わりが、どのようなものか試してみたいだけ」

「しかし、最初はたいそう痛いと聞きます。明日の旅に差し障ったら……」

「誰でもすることでしょう。うんと痛ければ言うので、さあ……」

千秋が身を投げ出すと、五郎太も身を起こした。

ここまで言われたら、これはもう主命と同じである。あとは、中で出さぬよう気をつければ良いのだ。

五郎太は緊張しながら、大きく開かれた彼女の股間に身を置き、屈み込んで一物を進めていった。先端を濡れた陰戸に押しつけ、擦ってヌメリを与えながら位置を定める。彼女を見ると、すっかり覚悟を決めたかのように、身を投げ出していた。

そのままゆっくり押し込んでいくと、張りつめた亀頭が、無垢な膣口を丸く押し広げてズブリと潜り込んでいった。

「あう……！」

千秋が火傷《やけど》でもしたように眉をひそめ、奥歯を噛みしめて呻いた。

「止しましょうか……」

「大事ない。最後まで……」

気遣って囁くと、千秋が健気に答えた。

彼もヌメリに助けられながら、ヌルヌルッと一気に根元まで貫いてしまった。

どうせなら、痛みは一瞬の方が良いと思い、勢いよく挿入したのだ。

さすがに張り型を使っていた朧以上に締まりが良く、熱く燃えるほどの温もりが肉棒を包み込んだ。

五郎太は股間を密着させ、脚を伸ばして身を重ねていった。

「アア……」

千秋が顔をしかめて声を洩らし、支えを求めるように下から両手でしがみついてきた。

汗ばんだ肌を重ねると、動かなくても一物の先端に、姫君の若々しい躍動がドクドクと伝わってくるようだった。

五郎太は胸で柔らかな乳房を押しつぶし、肩に手を回して抱きすくめた。

目の下では、形良い口が半開きになり、白く滑らかな歯並びを覗かせて喘いでいた。

熱く湿り気ある息には甘酸っぱい芳香が含まれ、野趣溢れる朧の匂いとは微妙に違い、殿様に献上される厳選された果実の匂いに思えた。

そっと唇を重ね、柔らかな感触と上品な匂いを味わいながら、そろそろと舌を差し入れていった。小粒の歯並びを舌先で左右にたどり、引き締まった桃色の歯茎まで舐め回すと、ようやく千秋もチロチロと舌をからめてくれた。

滑らかな舌触りと、生温かな唾液の味わいが何とも心地よく、五郎太は姫君と口吸いをしながら、無意識に腰を突き動かしはじめてしまった。熱く濡れた肉襞の摩擦が、艶《なま》めかしく雁首を刺激してきた。

「ク……！」

千秋が呻き、反射的にチュッと強く彼の舌に吸い付いてきた。

五郎太は動きを止め、唇を離した。

「さあ、もういいでしょう……」

囁くと、千秋も破瓜《はか》の痛みに恐れをなしたように小さく頷き、彼は身を起こしてゆっくりと一物を引き抜いた。

「アアッ……」

ヌルッと離れるとき、千秋が目を閉じて喘いだ。

五郎太は完全に股間を引き離して陰戸を覗き込むと、陰唇が痛々しくめくれ、うっすらと膣口に血が滲んでいた。彼は屈み込んで舌を這わせてやったが、まだ千秋は異物感が残っているように全身を硬直させていた。

五郎太は添い寝し、千秋を抱いてやった。しかし挿入したときの快感が忘れられず、いつまでも勃起が治まらなかった。

すると、千秋も徐々に自分を取り戻しはじめたか、熱い呼吸を繰り返しながら徐々に肌の強ばりを解いていった。

「まだ、中が燃えているみたい……」

「そうですか。これを繰り返すうち、ことのほか心地よくなるようですからね」

千秋はこっくりと頷いた。かぐわしい吐息と生ぬるい汗の匂いに、ますます一物は絶頂を求めて脈打った。

「まだ大きいわ……、五郎太は、精汁を出さないと落ち着かないのでしょう……」

千秋が気づき、ようやく落ち着きを取り戻したように彼を気遣ってきた。

「ええ、自分の手でしごきますので……」

「私がしましょう。さっき、口でしたら心地よかったのでしょう」

千秋は身を起こし、再び五郎太の股間に屈み込んできた。

「あ……、け、結構です……」

言ったものの、やはり快感の誘惑には勝てず、彼もそれ以上拒まなかった。

千秋は先端を舐め回し、熱い息を彼の股間に籠もらせながら亀頭を含み、断続的に吸い上げながら舌をからめてきてくれた。

三

「アア……、気持ちいい……」

五郎太は、姫君の口の中で舌に翻弄《ほんろう》され、清らかな唾液にまみれながら絶頂を迫らせて喘いだ。

思わずズンズンと小刻みに股間を突き上げると、千秋もそれに合わせて顔を上下させ、濡れた口でスポスポと強烈な摩擦をしてくれた。当然ながら技巧は朧ほどではないが、何と言っても無垢な姫君がしてくれているのだ。たまに当たる歯も、溢れる唾液をすする音も、何もかもが畏れ多くて胸が震えた。

おそらく千秋も生まれてこの方、これほどお行儀の悪い音を立てて何かをしゃぶるのは初めてだろう。

もうためらいもないから、五郎太もあっという間に絶頂を迎えてしまった。

「く……、いく……、姫様……！」

彼は突き上がる大きな快感に口走りながら、ありったけの熱い精汁を勢いよくほとばしらせてしまった。

「ンンッ……！」

喉の奥を直撃され、思わず噎《む》せ返りそうになって千秋が呻いた。しかし口は離さず、吸引と舌の蠢きは続行してくれた。

五郎太は心おきなく最後の一滴まで出し尽くし、すっかり満足して全身の力を抜いてグッタリとなっていった。このような情景を、夢想斎や皆川藩士、いや、藩主正智が見たとしたらどう思うことだろう。

そして現実に、どこからか朧が見ているかも知れない。しかし止めに入らないので、もう黙認されたようだ。

五郎太は、朧の視線まで快感に加え、脱力感に魂が抜けたようになってしまった。

ようやく噴出が治まると、千秋は口に飛び込んだものをゴクリと飲み下し、さらに鈴口から滲み出る余りまですすって、完全に綺麗にしてくれた。

朧の時にも思ったが、自分で行なう手すさびと生身の女体を相手にする行為の違いは、自分で精汁を拭かなくてよいということだった。それが何とも、最も空《むな》しい一時がない、贅沢《ぜいたく》なものに思えたのである。

一滴余さず飲み干してくれた千秋が、もう出ないと知ると顔を上げ、チロリと舌なめずりした。

「本当、力が抜けていくわ……」

満足げに萎えかけていく一物を見下ろし、千秋は再び添い寝してきた。

五郎太は彼女に身を寄せ、甘ったるい体臭に包まれながら、うっとりと快感の余韻を噛み締めたのだった。

「さあ、もう寝ましょう……」

呼吸を整えると五郎太は言い、二人の脱いだ着物を身体に掛け、千秋に腕枕してやった。

彼女も素直に身を寄せたまま目を閉じ、間もなく再び深い眠りに落ちていった。

五郎太は胸の震えが治まらず、千秋の寝息を聞きながらなかなか寝付けなかった。

「呆《あき》れたものだわ」

いつの間に現われたか、朧が傍らに座っていた。むろん素破の囁きだから、千秋の眠りを妨げるようなことはない。

「すみません……」

「まあ、姫様が望んだことだから仕方ないけれど」

浪人姿の朧が嘆息しながら言い、大小と編み笠を起き、着物のままごろりと横になった。

どうやら、夜明けまでここで寝るつもりらしい。

しかし五郎太は、朧が隣に寝たことで、落ち着いた一物がまたムクムクと回復しはじめてしまった。

「お、朧様……」

「嫌よ。勝手に自分でしなさい」

朧は、彼の欲求を見透かして言った。

五郎太はどうせ全裸なので、身体に掛けた着物の中で勃起してきた一物を握った。

彼の左側には、すでに深く眠っている千秋が密着し、甘く生ぬるい体臭と、かぐわしい息が漂っていた。右側には朧が横たわり、さすがに歩きづめだったため濃厚な汗の匂いが揺らめいてきた。

触れてもらわなくても、このような匂いと温もりの中で手すさびするのもまた贅沢で、格別なものであった。

すると、やはり可哀相と思ったか、あるいは千秋への対抗意識が芽生えたか、朧が身体をくっつけてきてくれた。

「脱ぐのは面倒だし、交われば姫様が起きるほどの声が出てしまう。口でしてあげる」

耳元で囁くなり、朧は彼の身体から着物をめくり、股間に顔を埋めてきた。

五郎太が熱い息を感じた途端、先端がスッポリと含まれた。

「ああ……」

彼は喘ぎ、さっきしたばかりの姫君の口腔とは、温もりも感触も微妙に異なる朧の口の中で、ムクムクと最大限に膨張していった。

朧は喉の奥まで呑み込み、姫君との格の差を見せつけようと、吸引と舌の蠢きを駆使してきた。たちまち肉棒全体が朧の生温かな唾液にどっぷりと浸り込み、姫の感触が洗い流されてしまった。

吸引しながらも、舌先がチロチロと小刻みに鈴口を舐め回し、指先はふぐりや内腿を微妙に撫で回していた。

「お、朧様……、手で……」

五郎太は絶頂を迫らせて言いながら、彼女の顔をこちらへ引き寄せた。

「飲んであげるのに、手の方がいいの？」

「ええ、こうしていたい……」

五郎太は言い、朧に腕枕してもらいながら、唾液に濡れた肉棒をしごいてもらった。

口へは、さっき千秋にしたばかりだから、今度はせめて美女の唾液と吐息を感じながら果てたかったのだ。

唇を求めると、朧も指の愛撫を巧みに続けながら口を密着させ、舌をからめてくれた。

「唾を、もっと……」

口を触れ合わせながら囁くと、朧もことさらに多めの唾液をトロトロと口移しに注ぎ込んでくれた。五郎太は、生温かくネットリとした唾液を味わい、喉を潤した。甘酸っぱい芳香を含んだ小泡の舌触りが心地よく、飲み込むたびに甘美な悦びが胸いっぱいに広がっていった。

素破は、敵地へ行くとき大量の唾液を出して口の匂いを消すため、いつでも蜜柑《みかん》などを想像し、多く出す訓練がされているのだ。

さらに彼は高まりながら、朧の口に鼻を押しつけ、熱く湿り気ある吐息を嗅いだ。野山の果実のように甘酸っぱい、彼の大好きな刺激が鼻腔を掻き回してきた。

「い、いく……！」

たちまち五郎太は大きな絶頂の快感に全身を貫かれて喘ぎ、朧の手のひらの中に勢いよく射精してしまった。

「もっと出して……、気持ちいいのね……」

朧が囁き、彼の鼻の穴までヌラヌラと舐め回してくれた。

五郎太は、美女の甘酸っぱい息と唾液の匂いに包まれながら、最後の一滴まで心おきなく絞り尽くした。

ようやく出し切って満足すると、朧は彼の呼吸が整うのを待ってから身を起こし、懐紙で一物を拭い、自分の指も丁寧に拭いた。

そして彼の身体に着物を掛けると、朧も横になって、今度こそ寝る体勢に入った。

五郎太も、美女二人に挟まれながら、その温もりと匂いの中、最高の気分で深い眠りに落ちていった……。

四

「今宵はここへ泊まろうか」

五郎太は千秋に言い、二人で牛久《うしく》の宿にある旅籠《はたご》に入っていった。ようやく、湯を使って布団の上で寝られるのだ。

水戸街道を南下し、明日は取手《とりで》や柏《かしわ》を通過して松戸《まつど》あたりまで足を延ばせれば、明後日《あさって》には日本橋に着けるだろう。思いのほか千秋が健脚なので、ろくに駕籠を使うこともなく、実に恙《つつが》ない旅であった。

足を洗って上がると、二人は二階の端にある部屋へ案内された。

間もなく日が落ちようとしている。さすがに宿場は賑《にぎ》やかで、窓から見ると谷では想像もつかない多くの人が行き来していた。

五郎太は、先に着替えて風呂を使うことにした。階下へ降り、風呂場へ行くと旅の行商人たちで混雑していた。

湯を浴びて糠袋《ぬかぶくろ》で身体をこすり、ざっと湯に浸かってさっぱりしてから、二階へと戻った。女の入浴は、男客が済んでから夜遅くになるようなので、先に夕餉が運ばれてきた。

白米に吸い物、干物に煮物、漬物で、五郎太にはご馳走《ちそう》である。千秋も、谷での粗食に慣れていたので、まずまずのものだった。もちろん今後は江戸藩邸で、もっと良いものが出るだろう。

夕餉を終えると日が落ち、女中が空膳を下げ、床を敷き延べた。

「申し訳ありません。間もなく女の方もお風呂が空きますので」

「ええ、様子を見て勝手に参ります」

千秋が言うと、女中は辞儀をして去っていった。これで朝まで二人きりである。

いや、いきなり窓から朧が入ってきた。

「まあ、朧……」

千秋が驚いて言い、朧は大小と編み笠を部屋の隅に置いた。

「少し休ませてくださいませ」

「一緒に寝ましょう」

「いえ、勝手に泊まるわけには参りませぬ。あとで一緒に湯を使いましょう」

朧はそう言って、袴と足袋を脱いだ。

二人を陰ながら護《まも》れという夢想斎の言い付けを律儀に守っているというより、単に野宿が性に合っているのだろう。

浴衣《ゆかた》に着替えようとした千秋が着物を脱ぐと、朧はたちまち一糸まとわぬ姿になり、千秋の襦袢と腰巻きも取り去ってしまった。

「あん……、何を……」

「色々と、お教えすることがございますので」

朧は全裸の千秋を布団に横たえると、自分も添い寝した。

「ここを舐められて気を遣ったようですが、今に入れられる方が心地よくなります」

「あァッ……、き、気持ちいい……」

股間を探られ、千秋がビクッと顔をのけぞらせて喘いだ。

さすがに感じ方を心得ている女同士の方が、巧みなようだ。まして朧は淫法を修業してきたのである。

「昨夜はたいそう痛かったようですが、これからはあまり痛まぬようになります」

「み、見ていたの……、アア……」

朧は姫君を抱きすくめ、囁きながら痛みを和らげるツボを探るように愛撫を続けていた。

全裸の美女二人のカラミを見ながら、五郎太も激しく勃起してきてしまった。本当は、また千秋と心ときめく一時を過ごそうと思っていたのだが、朧が一緒ならいっそう胸が弾むし、また心強かった。

やがて朧の指の動きに合わせ、クチュクチュと湿った音が聞こえてきた。愛撫も巧みなのだろうが、千秋はもともと相当に濡れやすい体質なのかも知れない。

「やがては、殿の決めた然《しか》るべき人と一緒になるのでしょうが、その折りはあまりお声を洩らさぬように。気を遣らなくても、自分から求めてはなりませんよ」

朧が、指を這わせながら囁き続けた。

要するに、江戸藩邸へ行って遠からず彼女はいずれかの武士と夫婦になるだろうから、その折りの最後の教育のようなものだった。

五郎太も激しく興奮しながら浴衣と下帯を脱いで全裸となり、勃起した一物を持て余した。

だが今は朧に従うべきで、呼ばれるまでは参加を控えた。

「ねえ、朧の陰戸を見てみたい。女がどのようなものか……」

やがて、また千秋は持ち前の好奇心を前面に出して言った。

「ええ、どうぞ……」

朧は答え、仰向けになって股を開いた。

「私だけでは恥ずかしいわ。五郎太も来て」

千秋が言い、彼も嬉々《きき》として身を進めていった。

彼女と並んで腹這いになり、大股開きになった朧の股間に顔を迫らせ、頬を寄せ合って観察した。

朧の陰戸は、すでにうっすらと淫水が溢れ、割れ目から覗く柔肉がヌメヌメと光沢を放っていた。さすがに二人分の熱い視線と息を感じ、羞恥と興奮にヒクヒクと下腹を波打たせている。

五郎太が指を当てて陰唇を左右全開にさせると、千秋が目を凝らした。

「綺麗だわ。まるで花びらのように……。私のも、このように？」

「ええ、姫様の陰戸も綺麗ですよ。ほら、これが姫様の感じたオサネです」

五郎太は、朧の股間に籠もる甘ったるい体臭と、千秋の甘酸っぱい息を感じて興奮しながら説明した。

指の腹で包皮を剝くと、千秋より大きめのオサネがクリッと完全に露出した。

「ああ……」

朧が、二人分の視線を受けて喘いだ。

襞の入り組む膣口には、白っぽい粘液もまつわりついていた。五郎太は堪らず顔を埋め込み、柔らかな茂みに鼻をこすりつけて嗅ぎながら、舌を這わせてしまった。恥毛の隅々には、何とも濃厚な汗とゆばりの匂いが満ち、トロリとした淫蜜も淡い酸味を含んで彼の舌を心地よく濡らしてきた。

舌先で息づく膣口のヌメリを掬《すく》い取り、ツンと突き立ったオサネまで舐め上げていくと、

「アアッ……、気持ちいいッ……！」

朧が顔をのけぞらせ、ヒクヒクと下腹を波打たせて反応した。

「私も……」

好奇心を覚えた千秋が言い、五郎太は朧の股間から顔を引き離した。

千秋も舌を伸ばし、恐る恐る朧のオサネを舐めた。

「く……、姫様……」

朧も、五郎太とはまた違った感覚に呻き、腰をくねらせて悶えた。

千秋も同性の陰戸に慣れたようで、次第に大胆に舐め回しはじめた。

やがて千秋が顔を上げると、五郎太は朧の腰を浮かせ、尻の谷間にも顔を埋め込み、秘めやかな微香の籠もる蕾を舐めた。

「あうう……、姫様、こっちへ……」

朧が呻きながら千秋の手を引き、再び添い寝させた。まさか姫君に肛門を舐めさせるわけに行かぬと思ったのだろう。

そして朧は千秋を抱きすくめ、微妙な愛撫で乳首に触れ、時には吸い付いて舌を這わせはじめた。

「ああ……、いい気持ち……」

千秋も、朧の乳房を探りながら喘いだ。

五郎太は、朧の前も後ろも舐め尽くすと、隣にいる千秋の股間に潜り込んだ。

そして新鮮な体臭の籠もる若草に鼻をこすりつけ、悩ましい匂いを貪りながら舌を這わせた。千秋の陰戸も、朧に負けないほど大量の淫水を漏らし、五郎太はヌメリをすすりながらオサネを舐め回した。

「アアッ……！」

千秋も激しく喘ぎ、内腿で彼の顔を締め付けて悶えた。

五郎太は充分に姫君の蜜汁をすすり、オサネを刺激してから脚を浮かせ、白く丸い尻の谷間に鼻を押しつけていった。こちらも、秘めやかな匂いが蕾に染みつき、舌先でくすぐると彼女は陰戸を震わせて喘いだ。

続けて美女たちを舐めると、その匂いや味わい、舌触りの違いが実に艶めかしかった。

五郎太は千秋の肛門に舌を潜り込ませ、充分に粘膜を味わってから、やがて滑らかな脚を舐め下りた。

しかし旅籠に入るとき足を洗ってしまったので、指の股の匂いも薄く物足りない。すかさず朧に向き直り、足裏を舐め、指の股を嗅いだ。すると、実に濃厚で蒸れた匂いが胸に染み込んできた。

やがて二人の足を味わい尽くした五郎太は、朧の足を舐めて這い上がり、のしかかるようにして二人の乳首に順々に吸い付いていった。

甘ったるい濃厚な体臭に混じり、女同士で舐め合った唾液の匂いもほんのりと乳首に残っており、それぞれの柔らかさと弾力が心地よく伝わってきた。

五郎太は二人の乳首を交互に舌で転がしながら、柔らかな膨らみに顔中を押しつけて味わった。

さらに腋の下に鼻を埋め込むと、どちらも和毛の隅々に濃厚な汗の匂いを籠もらせ、彼は美女たちの体臭だけで危うく果てそうになるほど高まってしまった。

「こうして……」

朧は五郎太を真ん中で仰向けにさせ、千秋と一緒に左右から挟みつけてきた。

「姫様。男も女と同じであちこちが感じるのですよ。私と同じように」

朧が、五郎太の右側から言って、そっと彼の耳朶《みみたぶ》を吸うと、千秋も素直に反対側から同じようにしてきた。

二人は耳朶を吸い、そっと噛み、耳の穴に舌先を潜り込ませて蠢かせた。

「ああ……」

五郎太は、妖しい快感に喘いだ。聞こえるのは、クチュクチュと蠢く舌のヌメリだけで、まるで頭の中まで二人に舐め回されているようだった。

さらに朧が首筋を舐め下りると、千秋も可愛い舌を這わせ、二人は彼の乳首に左右からチュッと吸い付いてきた。

「く……!」

朧の言うとおり、男でも首筋や乳首が激しく感じ、五郎太は勃起した一物を震わせて呻いた。すでに千秋も、朧の術中に陥ったように、いちいち指示しなくても息を合わせて同じ行動をしていた。

まるで彼は、全身が縦半分にされ、それぞれ美女たちに少しずつ食べられていくような快感に見舞われた。

二人は熱い息で彼の肌をくすぐり、チロチロと乳首を舐めては強く吸い、時にはキュッと歯も立ててきた。

「あう……、もっと強く……」

五郎太は甘美な痛みと快感に身悶え、さらなる刺激をせがんだ。

そして二人は彼の脇腹、腰から太腿、脚まで舐め下りていったのだ。

「い、いけません……！」

足裏を舐められて思わず五郎太は言ったが、朧と同様、千秋も厭《いと》わず舌を這わせ、果ては同時に彼の爪先にしゃぶりついてきたではないか。

「アア……」

五郎太は申し訳ないような快感に喘ぎ、それぞれ生温かな口の中で唾液にまみれた爪先で舌を挟みつけた。

まるで温かな泥濘《ぬかるみ》でも踏んでいるようで、実に贅沢な快感だった。

やがて二人は五郎太がしたように、全ての指の股を舐めてから、彼を大股開きにして、脚の内側を舐め上げてきた。

五

「ああ……、で、出てしまいます……」

二人が五郎太の内腿を舐め上げ、同時にふぐりに舌を這わせてくると、彼は激しく高まって情けない声を出した。

しかし朧と千秋は容赦なく、愛撫と言うより自分の欲望を満たすかのように袋全体を舐めて清らかな唾液に濡らし、それぞれの睾丸を舌で転がした。

さらに朧は彼の脚を浮かせると、いきなり肛門を舐め回した。そして顔を離すと、千秋もすぐに舌を這わせ、ヌルッと潜り込ませてきた。

「あう……!」

五郎太は、姫君の舌先を肛門で締め付けて呻いた。

朧は、自分の肛門は舐めさせなかったくせに、今は平気で千秋にさせている。徐々に朧の心理にも変化が起き、千秋にとことんさせてしまおうという気持ちが芽生えているのかも知れない。

そして彼の脚が下ろされると、とうとう二人の美女は同時に肉棒を舐め上げてきた。

滑らかな舌先が、裏側や側面をたどり、一緒に先端に達してきた。

どちらの舌も絹のように滑らかな感触で、しかも混じり合った息が熱く股間に籠もった。

「アア……」

五郎太は快感に喘ぎ、必死に奥歯を嚙んで暴発を堪えたが、二人はさらに強烈な愛撫を開始してきた。粘液の滲む鈴口を交互に舐め回し、張りつめた亀頭を含んではスポンと引き離して、すかさず後退してくるのだ。

吞み込む深さも徐々に根元まで達し、たちまち肉棒全体は、二人の混じり合った唾液にネットリとまみれた。

さらに二人は同時に亀頭をしゃぶり、舌をからめて交互に吸引してきた。まるで女同士の口吸いの間に、一物を割り込ませたようだ。

「い、いけない……、アアッ……！」

とうとう間に合わず、五郎太は大きな絶頂の快感に全身を貫かれ、声を上げて昇り詰めてしまったのだった。

同時に、熱い大量の精汁がドクドクと勢いよくほとばしった。

「ンン……」

ちょうど含んでいた千秋が、喉の奥を直撃されて呻き、第一撃を反射的に飲み込んで口を離した。すかさず朧があとを引き受け、余りの精汁を一滴余さず吸い出し、喉に流し込んでくれた。

「ああ……」

五郎太は信じられない快感に声を洩らし、二人に全て飲んでもらい、グッタリと四肢を投げ出して脱力した。

しかし千秋が右側に添い寝すると、朧も反対側に寝て、今度は左右から彼の頰に舌を這わせ、やがて同時にピッタリと唇を重ねてきたのである。

五郎太は、唇の半分ずつ朧と千秋の唇の感触を味わい、混じり合った甘酸っぱい息の匂いで鼻腔を刺激された。

すると、満足げに萎えかけていた一物が、またすぐにもムクムクと同じ硬さや大きさを取り戻していくではないか。

やはり相手が二人だと、回復力も倍の早さのようだった。

二人は同時に舌を差し入れ、争うように蠢かせてきた。混じり合った唾液がトロトロと五郎太の口に注がれ、彼はうっとりと味わいながら何度も呑み込んで酔いしれた。

すると朧が、先に千秋に彼の股間を跨がせた。

そしてすっかり回復している幹に指を添え、先端を姫君の陰戸に押し当てたのである。

「アア……」

千秋も、素直に一物を受け入れながら声を洩らした。

たちまち、肉棒がヌルヌルッと心地よい襞の摩擦とヌメリを受けながら根元まで呑み込まれていった。

「さあ、もう痛くないでしょう……」

朧が、術をかけるように千秋の耳元で囁きながら、彼女の腰や尻に指を這わせた。痛みを和らげ、感じさせるツボでもあるのかも知れない。

その証拠に、千秋は深々と受け入れ、股間を密着しても顔をしかめることなく、モグモグと味わうように膣内を収縮させてきた。

「ああ……、痛くないわ。温かくていい気持ち……」

千秋が股間をこすりつけて喘ぎ、彼に身を重ねてきた。

五郎太も抱きすくめながら、これなら動いても大丈夫だろうと、ズンズンと股間を突き上げはじめた。

何しろ蜜汁が多いから、たちまち律動が滑らかになり、くちゅくちゅと湿った音が聞こえはじめた。千秋も突き上げに合わせて腰を使うようになり、次第に息を弾ませて勢いが増してきた。

「い、いい……、何これ……、アアーッ……!」

千秋が声を震わせ、たちまちガクンガクンと狂おしく全身を痙攣させはじめた。

どうやら、朧の淫法は姫君を二度目の情交で昇り詰めさせてしまったのだ。

膣内の収縮も活発になり、千秋は何度もビクッと柔肌を跳ね上げて反応し、やがてぐったりと力を抜いて彼にもたれかかってきた。

五郎太も心地よかったが、たった今二人の口に出したばかりだし、姫君を孕ませてはいけないと思い我慢していた。

そして心の片隅で、朧はなぜ千秋に気を遣る悦びを教えてしまったのだろうかと考えた。

どうせ、いずれかの武士を婿にしたところで、それほど細かな愛撫などしてくれないだろうし、千秋がそれほど感じてしまうのも妙なものである。

とにかく朧は、初めて気を遣って放心状態になった千秋を五郎太の上から引き離し、ごろりと横にさせた。

そして、姫の淫水にまみれた肉棒に、すかさず自分が跨り、やはり茶臼《ちゃうす》（女上位）で一物を陰戸に受け入れていった。

「ああ……、気持ちいい……」

ぬるぬるっと根元まで貫かれ、朧は完全に座り込みながら喘いだ。

そしてグリグリと股間をこすりつけてから身を重ね、彼の肩に腕を回し、柔らかな乳房を押しつけながら腰を使いはじめた。

五郎太も、すっかり千秋相手に高まっていたので、朧にしがみつきながら勢いよく股間を突き上げた。

さらに、隣の千秋の身体も抱き寄せた。

千秋はまだ荒い呼吸を繰り返しながらも、交接している朧を見て徐々に自分を取り戻してきたように、興味深げに見つめていた。

五郎太も高まりながら朧の顔を引き寄せて唇を重ね、さらに割り込ませるように千秋の唇も求めた。二人はヌラヌラと舌をからませてくれ、惜しみなくかぐわしい息と清らかな唾液を彼に与えてくれた。

五郎太は、混じり合った甘酸っぱい果実臭の息で肺腑《はいふ》を満たし、生温かな唾液で喉を潤しながら股間の突き上げを速めていった。

さらに彼は、二人の口に顔中をこすりつけ、舐め回してもらった。

美女たちは厭わず、彼の鼻の穴を舐め、鼻筋から頬、瞼《まぶた》まで舐め回してくれ、たちまち五郎太の顔中は二人の唾液でヌルヌルにまみれた。

その興奮と悦びの中で股間を突き上げると、

「い、いく……、アアーッ……！」

たちまち朧が気を遣ってしまい、ガクガクと激しく痙攣しながら一物を締め上げてきた。

同時に五郎太も大きな快感に全身を貫かれ、ありったけの熱い精汁を勢いよく柔肉の奥にほとばしらせた。

「あう、熱いわ、もっと……！」

噴出を感じた朧が、駄目押しの快感を得たように口走り、なおも飲み込むように膣内を収縮させ続けた。

五郎太は心おきなく射精し、最後の一滴まで絞り尽くして、すっかり満足しながら動きを弱めていった。

「アア……、良かった……」

朧も満足げに吐息混じりに言いながら、徐々に全身の硬直を解いて力を抜きながら、彼に体重を預けてきた。

まだ膣内の収縮は続き、過敏になった一物が刺激されてピクンと内部で跳ね上がった。朧も応《こた》えるように、キュッときつく締め付けてきた。

やがて五郎太は身を投げ出し、朧と千秋の湿り気ある息を間近に嗅ぎながら、うっとりと快感の余韻に浸り込んだのだった……。

――五郎太が布団に横になって待っていると、やがて朧と千秋が風呂を終えて部屋に戻ってきた。朧も、他の女客に混じって、すっかり身体を洗い流してきたようだ。

千秋は横になると、すぐにも軽やかな寝息を立てはじめ、朧は身繕いをして男姿に戻り、窓から出てゆこうとした。

「朧様、なぜ姫様に快楽を教えたのです」

五郎太は、呼び止めて言った。むろん千秋の眠りを妨げるような声音ではなく、素破の会話である。

「急に気が変わった。お前と谷で祝言をするのは止めだ」

朧が、濡れた前髪を揺すって答えた。

「え……？」

「お前が、姫の婿になれば良い。もう戦もなければ、月影谷の衆は皆川家から見捨てられるだろう。それも時の流れなら仕方がないが、主家に我らの血が混じれば、月影谷は永遠に皆川家とともに残る」

「そんな……」

「口には出さぬが、それが爺の悲願であるような気がしてきた。とにかく、姫をお前に夢中にさせる」

朧は言うなり窓から跳躍し、夜の闇へと消えていった。

第三章　堅物美女の白き熟れ肌

一

「これが江戸か……、すごい人だ……」

「ええ、本当に……」

五郎太と千秋は、日本橋の賑わいに目を見張っていた。

結局二人は、古寺一泊に宿場の旅籠二泊で、四日目の夕刻には無事に江戸に到着したのだった。

もう日が傾くというのに、多くの商家の並んだ道には老若男女の武士や町人、天秤棒《てんびんぼう》を担いだ物売りが行き来し、祭のような賑やかさだった。

「姫様、こちらです」

と、男姿の朧が現われ、千秋と五郎太を案内した。どうやら先回りし、藩邸に渡りを付けていたのだろう。

少し歩いて静かな通りへ出ると、そこに豪華な乗り物が待っていた。

朧に連れられて、厳《いか》めしい藩士たちが待機しているところへいくと、五郎太は夢想斎から預かった書状を、偉そうな初老の武士に手渡した。

開いて一読した武士が平伏すると、他の侍たちも一斉に膝を突いて頭を下げた。

朧も傍らでそうしたので、少し遅れて五郎太も同じようにした。

「姫、お帰りなさいませ。おお、やはり殿の面影が……。大きゅうなられました……」

初老の武士が、目を潤ませて言い、すぐにも千秋を乗り物に乗せた。あとで聞くと、これが江戸家老、滝田左内だった。

やがて乗り物を、前後二人ずつの陸尺《ろくしやく》が担ぎ上げ、一行は藩邸へと進んでいった。一番後から朧と五郎太も従った。

少し歩いて淡路坂《あわじざか》にある皆川藩の上屋敷に到着すると、大門が開いて乗り物が迎え入れられた。

高い塀に囲われた藩邸は、いったい何千坪あるだろう。とにかく広く、里で見た神社や寺の比ではなかった。

朧と五郎太も招き入れられ、まずは屋敷に入って小部屋で待機させられた。千秋は、まず湯殿に行って身を清め、着替えをしてから父親である主君と拝謁《はいえつ》するのだろう。

「これで、褒美でも貰って帰るのでしょうね」

五郎太は、障子を開けて広い庭を見ながら言った。松が植えられて池があり、築山や東屋《あずまや》もあった。

「いや、帰るのは私だけだ。お前はここで姫様の婿になる。そのように、姫様には淫法をかけた」

朧も、庭を眺めながら答えた。むろん二人とも、仮に襖《ふすま》の外に誰かが聞き耳を立てていたとしても聞こえないよう、素破の会話をしていた。

「そんなこと、本気なのですか」

五郎太は嘆息して言った。

これもあとで聞いたことだが、皆川家は、正智の一人息子が先年病死したということだ。だから戦乱が終わったことのみならず、跡取りがいないこともあって藩は急遽《きゅうきょ》千秋を呼び寄せたのだろう。

「本気だ。きっと爺も分かってくれるし、内心では喜ぶだろう。もう素破が主家に奉公する世は来ない。見捨てられるより、皆川家の血筋に月影谷を入れる。そのために私が処断されても構わぬ」

朧はもうすっかり自分の考えに凝り固まっているようだった。

五郎太はと言えば、それはそれで面白いと思っていた。憧れの朧と一緒になりたい気持ちは確かに強いが、またあの狭い谷に戻るよりは、この広い江戸で暮らしたくなってきていたのである。

「お二方、どうぞお越しを」

と、襖の向こうに若侍が来て二人を呼んだ。

五郎太と朧は、大刀だけ置いて部屋を出ると、奥の部屋まで案内された。廊下を曲がり、やがて一室に入り、下座で待つように言って若侍は出て行った。

すると、間もなく上座の襖が開き、江戸家老の滝田左内が入ってきた。

「殿と姫君のおなりである」

言われて、二人は平伏した。

藩主が直々に素破に会うとは異例中の異例であるから、よほど正智は千秋の無事の到着と成長ぶりが嬉しかったのだろう。

やがて足音が二つ聞こえ、上座に並んで座る気配がした。むろん一人は千秋である。

「その方ら、いかいご苦労であった。面を上げよ」

上座から声がかかったが、朧が身動きしないので、五郎太もそのようにした。

「さあ、殿の仰せである。面を上げい」

左内から言われ、ようやく朧がそろそろと顔を上げ、五郎太も目を上げて上座を見た。

四十代半ばの正智が脇息《きようそく》にもたれ、隣では着飾った千秋が笑みを含んでこちらを見ていた。

「朧に五郎太か」

「ははッ」

「なるほど、朧は男のなりは似合うが美しい。五郎太も利発そうであるな。さすがに夢想斎が選んだ二人だけのことはある」

正智は二人をじっくり観察した。

朧は、千秋と五郎太を二人きりにせず、女の自分も常に一緒に姫の面倒を見てきたことを強調したようだ。

「好きなだけ滞在し、江戸見物でもするがよい」

「有難うございます……」

朧が平伏して言うと、五郎太も額を畳にすりつけた。

その間に正智は立ち上がり、部屋を去っていった。

恐る恐る目を上げて見ると、千秋がチラとこちらを振り返り、すぐに出ていった。

そして最後に左内が部屋を去ると、入れ替わりに下座の襖が開いて、さっきの若侍が迎えに来た。

「どうぞこちらへ」

言われて、また何度か廊下を曲がると、二人は湯殿へ案内された。もちろん姫君が入ったのとは違う場所にあるものだろう。

「着替えを置いておきます。ごゆるりと」

若侍は、どうやら朧を男と思ったようで、二人一緒に湯殿脇にある小部屋へ入れられた。

「まあ良かろう」

朧は言って脇差《わきざし》を置き、袴と着物を脱いでいった。

五郎太も旅の汗と埃《ほこり》を吸った着物を全て脱ぎ去り、一緒に湯殿へ入った。朧は元結いも解き、長い髪を垂らしていた。

「待って、朧様。洗う前に……」

五郎太は簀《す》の子《こ》に座り込み、朧の足首を摑んで浮かせた。彼女も風呂桶に寄りかかり、拒まず差し出してくれた。

五郎太は、長旅で染みついた濃厚な女の匂いを嗅がないと気が済まなかった。

足裏に顔を押しつけ、舌を這わせながら指の股に鼻を割り込ませ、汗と脂に湿って蒸れた匂いを嗅いだ。濃い刺激が鼻腔を満たし、さらに一物にまで伝わって、彼自身は激しく勃起してきた。

五郎太は爪先にしゃぶり付き、大好きな朧の指の股を順々に舐め回し、脚を交替して貰って新鮮な味と匂いを貪った。

さらに脚の内側を舐め上げ、逞しくむっちりと張りつめた内腿に舌を這わせ、黒々と艶《つや》のある茂みに鼻を埋め込んでいった。生ぬるく甘ったるい汗の匂いと、ゆばりの刺激が鼻腔をくすぐり、彼は朧の体臭を貪りながら陰戸に舌を這わせた。

「あ……」

朧も顔をのけぞらせて喘ぎ、彼の口に股間を突きつけてきた。

五郎太ははみ出した陰唇を舐め回し、奥へ差し入れると、ヌルッとした淡い酸味のヌメリが舌を迎えた。

膣口を舐め回して淫水をすすり、ツンと突き立ったオサネまで舐め上げると、

「く……、いい……」

朧もすっかり快楽に夢中になり、息を詰めて呻いた。

「後ろを向いて……」

口を離して座ったまま言うと、朧も素直に向きを変えた。そして、風呂桶に両手を突くと

彼の顔に向けて白く丸い尻を突き出してきた。

五郎太は両の親指でグイッと谷間を広げ、奥にひっそり閉じられた薄桃色の蕾に鼻を埋め込み、秘めやかな微香を貪るように嗅いだ。

そして舌先でチロチロと蕾を舐め、細かに震える襞を唾液で濡らしてから、ヌルッと中に潜り込ませて滑らかな粘膜を味わった。朧も尻をくねらせ、モグモグと肛門を収縮させて彼の舌を締め付けてきた。

「五郎太、こうして……」

朧は再び向き直り、彼を簀の子に仰向けにさせ、その顔に跨ってきた。五郎太も真下から舌を這わせて陰戸を味わい、朧の匂いに噎せ返りながら大量に滴る蜜汁をすすった。

「あうう……、気持ちいい……、でも、ゆばりが漏れてしまいそう……」

朧が呻きながら言うと、五郎太は嬉々としてさらに激しく舌を這わせ、尿口のある柔肉に吸い付いた。

「アア……、いいのね……、出る……」

朧もその気になって尿口をゆるめ、下腹に力を入れて言った。

期待しながら舐めていると、たちまち蜜汁の味わいが変わり、温かな流れが彼の口に注がれてきた。

五郎太は咳き込まぬよう注意しながら、懸命に喉に流し込み、憧れの朧の出したもので胃の腑を満たした。味も匂いも淡いものだが、今はとにかく飲み込むだけで精一杯だった。

「ああ……、いい気持ち……」

朧はうっとりと力を抜きながら言い、間もなく流れが治まった。

五郎太は全て飲み干し、なおも余りをせがむように割れ目内部に舌を這わせた。しかし柔肉には、たちまち新たに溢れる蜜汁の味わいが満ちていった。

二

「アア……、もっと舐めて……」

朧も次第に夢中になって喘ぎ、仰向けの五郎太の顔中にヌラヌラと割れ目をこすりつけて悶えた。

そして彼女は五郎太の顔の上で身を反転させて屈み込み、女上位の二《ふた》つ巴《どもえ》の体勢になって、一物にしゃぶりついてきたのだ。

「く……！」

五郎太は、下から朧の腰を抱え、激しく陰戸を舐めながら快感に呻いた。

彼女の股間の向きが逆になったので、オサネが下に、肛門が上に来た。オサネを舐め回しながら鼻先を濡れた陰戸に押しつけ、目の上で肛門の可憐な震えを眺めるのは実に艶めかしかった。

朧は一物を喉の奥まで呑み込み、熱い鼻息でふぐりをくすぐりながら強く吸引し、内部ではネットリと舌をからめて温かな唾液に浸してくれた。

五郎太自身は、朧の口の中で高まりヒクヒクと震えた。

やがて朧は、五郎太が暴発してしまう前にスポンと口を引き離し、身を起こして再び向き直り、茶臼（女上位）で一物を陰戸に受け入れていった。

「ああッ……！」

朧は、ぬるぬるっと心地よい肉襞の摩擦を与えながら、根元まで受け入れて喘いだ。

そして彼の胸に両手を突いて上体を反らせ、何度か味わうようにキュッキュッと膣内を締め付けてから、身を重ねてきた。

五郎太も、朧の温もりと感触を味わいながら顔を上げ、左右の乳首を交互に吸い、舌で転がしながら甘ったるい濃厚な汗の匂いに噎せ返った。

朧もグリグリと股間をこすりつけて息を弾ませ、次第に調子をつけて腰を使いはじめた。

五郎太も動きに合わせて股間を突き上げ、朧の乳首を充分に味わい、腋の下にも顔を埋め込み、和毛に籠もった濃厚な体臭で鼻腔を満たした。

「アア……、もっと突いて……」

彼の肩に腕を回した朧は、汗ばんだ肌を密着させながらせがんだ。

五郎太も股間の突き上げに勢いを付け、彼女の首筋を舐め上げて唇を求めた。大量の淫水が漏れて律動が滑らかになり、湯気の満ちた湯殿の中に淫らに湿った音がピチャクチャと響いた。

唇を重ねると、朧の方から舌を差し入れてからませ、五郎太は甘酸っぱい息の匂いと生温かくトロリとした唾液に酔いしれながら、激しく高まっていった。

「もっと飲みたい……」

五郎太がしがみつきながら言うと、朧もことさらに大量の唾液をトロトロと注いでくれ、好きなだけ飲ませてくれた。さらに彼が顔中をこすりつけると、朧も粘り気のある唾液を垂らし、舌で彼の顔中に塗りつけてくれた。

「い、いく……！」

五郎太は朧の匂いとヌメリに包まれながら口走り、たちまち大きな絶頂の荒波に呑み込まれてしまった。

同時に、熱い大量の精汁がドクドクと勢いよくほとばしると、

「き、気持ちいい……、ああーッ……！」

噴出を受け止めて奥深い部分を直撃され、朧も続いて声を上ずらせ、激しく気を遣った。

膣内の収縮も最高潮になり、五郎太は心ゆくまで快感を貪り、最後の一滴まで出し切って徐々に動きを弱めていった。

朧も、あとは声もなく快感を嚙み締めながら腰を使い、やがて全身の強ばりを解いて、ぐったりと彼にもたれかかってきた。

「アア……、良かった……」

朧が耳元で熱く囁き、なおも膣内を締め付けてきた。五郎太も、刺激されて内部で幹を跳ね上げ、彼女の喘ぐ口に鼻を押しつけ、甘酸っぱい芳香の息を嗅ぎながら、うっとりと快感の余韻に浸ったのだった……。


——夕餉を終えると、五郎太と朧は一室に床を敷き延べて寝かされた。

まあ、ゆっくり江戸見物をしろと言われても、二泊もすれば限界で、明後日の早朝には暇《いとま》しなければならないだろう。

五郎太は、髪も洗ってさっぱりとし、糊《のり》の効いた寝巻でゆっくりと手足を伸ばした。

しかし、朧は部屋を出て行こうとした。

「朧様、厠ですか」

「姫様を呼んでくる」

「え……？」

五郎太が驚いて聞き返したときには、朧は部屋を出て、足音も立てず遠ざかっていった。

天才的な素破の素質を持つ朧なら、すでに屋敷内の作りはほぼ頭に入れているのだろう。

しかも、それを誰にも見咎《みとが》められずに行動するに違いなかった。

日が落ちて六つ半（夜七時頃）、さすがに江戸でも夜は静かだが、遠くから夜回りの拍子木が聞こえてきた。

彼がのんびりして待つうちに、静かに襖が開いた。

「あ、姫様……」

何と、寝巻姿の千秋が一人で入ってきたのである。

「朧様は？」

「ここまで送って、私の寝所へ引き返しました。身代わりに」

千秋が悪戯《いたずら》っぽい笑みを浮かべて言い、彼の床に潜り込んできた。五郎太も抱きすくめ、姫君の甘い髪の匂いを嗅いで淫気を催した。

「お父上に会えて良かったですね」

「ええ、とても喜んでくれました。そして早く婿を取りたいと」

「それで姫様は何と？」

「五郎太でなければ嫌と」

「ああ……、そのようなことを……」

彼は困惑し、溜息《ためいき》混じりに言った。

嬉しい気はするが何しろ畏れ多いし、それは大部分、千秋の本心と言うよりは朧に施された淫法が言わせているのである。もっとも、淫法を解かなければ、それは延々と続く感情なのだろうが。

とにかく千秋に密着され抱きつかれて、五郎太は夕刻湯殿で朧としたにもかかわらず、ムクムクと勃起し淫気に包まれてしまった。

やはり男というものは、相手さえ変われば何度でも出来る生き物なのかも知れない。それは、少しでも多くの子を残したいという本能なのだろう。

五郎太は千秋に唇を重ね、甘酸っぱい芳香の息を嗅ぎながら舌をからめ、そろそろと胸元に手を差し入れていった。

「ンンッ……！」

千秋も熱く呻き、彼の舌にチュッと強く吸い付いてきた。

五郎太は姫君の唾液と吐息を貪りながら、指の腹でクリクリと乳首を刺激し、やがて帯を解いて寝巻を左右に開いていった。

唇を離して首筋を舐め下り、桜色の乳首に吸い付き、もう片方を揉みしだいた。

「アア……、いい気持ち……」

千秋がうねうねと身悶え、甘ったるい匂いを生ぬるく揺らめかせた。

彼は滑らかな肌を舌でたどり、やがて姫君の股間に顔を潜り込ませた。楚々とした茂みに鼻をこすりつけて嗅ぐと、湯上がりの香りに混じり、彼女本来の体臭が甘ったるく鼻腔を刺激してきた。

舌先で膣口の襞を舐め回し、たちまち溢れてきた淡い酸味のヌメリをすすりながらオサネまで舐め上げていくと、

「あう……、もっと……」

すっかり快感を知ってしまった千秋が、内腿でムッチリと彼の顔を締め付けて呻いた。

五郎太ももがく腰を抱え込んで押さえ、執拗にオサネを舐め、さらに腰を浮かせて尻の谷間にも顔を埋め込んだ。しかし蕾はほんのりした汗の匂いだけで、彼も少しチロチロと舐めただけで、すぐにまた陰戸に舌を戻した。

「い、いきそう……」

千秋が、絶頂を迫らせて言った。その言葉には、ここでいくより一つになりたいという含みが感じられた。

五郎太は顔を上げ、千秋の前に股間を突き出した。すると、千秋も積極的に彼の腰を抱き寄せた。五郎太は姫君の胸に跨り、乳房の谷間に一物を挟んで腰を進めた。いつしか千秋は、顔を上げて先端を舐めはじめていた。

まさか姫君に跨って肉棒をしゃぶらせるなど、夢想斎どころか、この世の誰もが夢にも思わないことだろう。

五郎太は、高貴な姫君に跨る畏れ多さと同時に、激しい興奮を覚えた。

ただ素破は、主家と言ってもそのときだけのこと。頭目が寝返れば主家も変わる。だから身に沁《し》み付いた掟ほど、皆川家への忠誠心が根強くあるわけではなかった。

先端を舐め回す千秋に向かって、五郎太はさらに股間を突き出した。千秋もすっぽりと肉棒を呑み込んだ。熱い鼻息が恥毛をそよがせ、強く吸われ舌に翻弄され、温かく濡れた口の中で幹がヒクヒクと快感に震えた。

彼女は無邪気に吸い付き、舌をからみつけていたが、やがて五郎太は引き抜き、千秋の股間に身を割り込ませた。唾液で濡れた先端を陰戸に押し当て、感触を味わいながらゆっくりと挿入していった。

「アア……」

千秋はもう痛みもないようで、顔をのけぞらせて喘ぎ、根元まで受け入れていった。

五郎太も肉襞の摩擦ときつい締め付けに包まれ、深々と押し込んで股間を密着させ、身を重ねていった。

のしかかって千秋を抱きすくめ、彼は充分に温もりと感触を味わってから、そろそろと腰を突き動かしはじめた。

「あ、熱い……、もっと強く……」

千秋も下からしがみつき、無意識に股間を突き上げながらせがんだ。

五郎太は胸で柔らかな乳房を押しつぶし、喘ぐかぐわしい息を嗅ぎながら律動を速め、たちまち昇り詰めてしまった。

「く……！」

突き上がる大きな快感に呻き、彼はありったけの精汁を勢いよく内部に放った。

「アア……、いい気持ち……」

千秋も身を反らせ、ヒクヒクと痙攣しながら完全に気を遣ったようだ。

（え……？　命中した……？）

ふと、五郎太は出し尽くしながら思った。

素破には、常人にない能力や感覚が備わっている。それに朧が、今宵千秋を彼の部屋に寄越したということは、最も孕みやすい頃合いを察していたからではないだろうか。

とにかく五郎太は徐々に動きを弱めながら、飲み込むような収縮を繰り返す陰戸の中で幹を震わせた。そして姫君の上品な匂いと温もりの中で、うっとりと快感の余韻を嚙み締めたのだった……。

三

「江戸見物にご案内します。どうぞ」

翌朝、朝餉を終えた五郎太が部屋で休憩していると、一人の女が声をかけてきた。

桔梗《ききょう》と名乗る、三十前後の折り目正しい瓜実顔《うりざねがお》の美女だった。

「はあ、朧様は？」

「もう一人でどこかへ出向かれました」

「そうですか。ではお待ちを」

五郎太は袴を着けて脇差を帯び、大刀を手にして彼女に従い、玄関まで行った。

外に出て大刀を帯び、一緒に歩きはじめた。桔梗はにこりともせず、落ち着いた足取りで彼を案内した。

「ここは何というところですか」

「神田の淡路坂です。あちらがお城、向こうには富士が見えます」

「なるほど……」

指された方を見ると、家々の屋根の向こう、遥《はる》か彼方《かなた》に霊峰が頭を覗かせていた。

さらに桔梗は大店《おおだな》の並ぶ大通りや、芝居小屋の建っている神社の境内などを案内しながら進んだ。

歩き方を見ていると、武芸を修業してきたような安定感があった。それよりも、五郎太は初めて見る江戸の武家女に見惚《みと》れ、たまに風下で感じる甘ったるい匂いに陶然となっていた。

歩きながら、それとなく聞いてみると、桔梗も素性を話してくれた。

彼女は三十歳で、先年夫を病気で亡くした後家。武芸と教養に優れ、千秋の面倒を見る役として選ばれたようだ。

「どこへ向かっているのです？」

「松永町《まつながちょう》にある中屋敷で、明日から姫様がお暮らしになるところです。そこで江戸の街の様子や藩の仕来《しきた》りなどを学んでいただきます」

してみると、この桔梗が姫君としての生活の全てを教授するようだ。

中屋敷とは万一、上屋敷が火災や地震等に遭って使えなくなったときなど、藩主が避難するために設けられた別邸である。先代が存命の折は、隠居所としても使われていたようだった。

「ときに、筑波から江戸へ来るまでの間、姫様に何かなさいましたか」

桔梗が単刀直入に訊《き》き、歩きながらも険しい眼差しを彼に向けてきた。

「何かとは？　第一、同じ女の朧様が一緒なのですから、妙なことなど出来るはずありません。何故そのようなことを」

「姫様は、たいそう五郎太殿のことを慕っているのです。しかし、なりは武士でも、素破を姫様の婿にするわけには参りませぬ」

桔梗は軽蔑の眼差しを向け、やがて閑静な武家屋敷の連なりを抜け、一軒の家に門から入っていった。なるほど、上屋敷ほどの広さはなく、こぢんまりしているが豪奢《ごうしゃ》な作りだった。日頃は藩士の誰かが管理しているのだろう。

庭に入ると、桔梗が門を内側から閉めた。やはり周囲は高い塀に囲われている。

すると屋敷から、ばらばらと三人の武士が出てきた。みな襷《たすき》がけに股立《ももだ》ちを取り、鉢巻きをして一斉に抜刀した。

「ははあ、そういうことですか」

「姫様を送ってくれてご苦労。もう役目は済んだ」

一人の大柄な男が言い、殺気を漲《みなぎ》らせて鋭い攻撃を仕掛けてきた。

むろん殺気に反応した五郎太の速さは、常人の比ではない。しかし素破同士の戦いではないから、五郎太も手加減する余裕があった。

「つ……！」

強《したた》かに峰打ちを食らい、男は大刀を取り落とし、手首を押さえて蹲《うずくま》った。

そこへ、左右からも斬りかかられたが、五郎太は同じく利き腕のみを狙って峰打ちを繰り出し、たちまち三人が苦悶して地に転がった。

「大丈夫ですか。骨が折れるほど叩いてはおりませんので」

五郎太は素早く納刀し、三人に駆け寄って言った。

「く……、それがし一人で充分と思ったが、いかに弱そうでも素破は油断ならぬ……」

男が苦痛に顔を歪めて声を絞り出した。

「そんな、素破の術は使っていません。それに、あなたがたは武士と言っても三人がかりの不意打ちじゃないですか」

五郎太が言うと、三人も少しは恥を知るらしく、唇を嚙んで顔を背けた。

「まあ、主命なら仕方ないですね。恨みっこなしにしましょう」

そのとき背後から桔梗の薙刀《なぎなた》が突きかかってきた。

咄嗟《とっさ》に五郎太は跳躍し、真一文字に伸びた薙刀の峰にスッと立った。

「お、おのれ……、武士の魂に乗るとは……」

桔梗は頬を引き締め、徐々に彼の体重を感じて切っ先を下げた。

「またまた、後ろから狙ったくせに、武士武士と言わないで下さい。これでも、ずいぶんうちの衆は皆川家に尽くしてきたのですけれど」

五郎太が地に下り立って言うと、桔梗も気勢を削《そ》がれたように、もう攻撃は仕掛けてこなかった。

と、そのとき門が開かれ、家来に引かれて一騎の馬が入ってきた。馬上の人は江戸家老、滝田左内だ。

「おお、無事だったか……、安堵《あんど》いたした……」

左内は馬から下り、五郎太を見て言った。

「殿のお気が変わられた。五郎太殿は、姫君の婿になるやも知れぬ一人として、丁重に扱えとのことである！」

左内の言葉に桔梗がビクリと身を強ばらせ、苦痛を堪えて家老に平伏した三人も、エッと驚きに目を見開いた。

「さ、三人、いや四人がかりで敵わなかったか……。いや、藩士を殺さずにいてくれて忝《かたじけ》ない。非礼は、この儂が幾重にもお詫《わ》び申す……」

左内が五郎太の前に進み、頭を下げた。

「いいえ、主命ならば仕方がないことです」

言いながら五郎太は、おそらく朧が皆川正智に術をかけ、言いなりにさせたのだろうと察した。

「さあ、皆のもの。藩邸へ引き上げだ。桔梗は五郎太殿とここへ残り、まずは藩の仕来りを教授せよ」

「は……」

左内に言われ、桔梗は薙刀を下げて一礼した。

三人の武士は、落とした刀を納め、再び馬上の人となった左内とともに、みな門から出て行った。中屋敷に残ったのは、五郎太と桔梗の二人だけである。

喧噪《けんそう》が去ると、桔梗も薙刀を鞘《さや》に納め、縁側から上がって鴨居《かもい》にかけた。

「どうぞ、玄関から」

「ええ、分かりました」

五郎太はあらためて玄関に回り、桔梗に出迎えられ履き物を脱いで上がり込んだ。今は二人きりだが夕餉や湯殿の仕度をする女たちが来る夕刻には、また帰るようだった。

五郎太は、庭の見える座敷に招かれ、大刀を置いて座った。

「あの三人は、藩の中でも相当な手練《てだ》れです。この私も、女の中では誰にも引けを取りませぬのに……」

桔梗は青ざめ、唇を震わせて言った。この小僧に苦もなくあしらわれたことに屈辱と恐怖を覚えているようだった。

「朧様の速さは、その倍以上です」

「左様ですか……。とにかく、殿がお決めになったからには、まずは婿云々《うんぬん》より藩士としての躾《しつけ》をお教えしなければなりません。その前に、まずは非礼を詫びます」

桔梗が、不承不承頭を下げた。あの三人が、難なく五郎太を仕留めていれば、殿の変心も間に合わなかったのにという気持ちなのかも知れない。

そして心の中では、この素破ずれがという思いが抜けきらないのだろう。むしろ藩士として不的確ならば、千秋の婿に相応《ふさわ》しくないと、堂々と殿に進言できるのにと思っているようだった。

「いいえ、ご家老様にも頭を下げていただきましたので、もう」

「では、色々と伺いたきことがございますので」

桔梗は言うと奥へ引っ込み、何冊かの書物を持って戻ってきたのだった。

四

「なんと……、驚きました……。かほどに物知りであるとは……」

四書五経から様々な質問を繰り出し、悉《ことごと》く答えられた五郎太に、今度こそ桔梗は舌を巻いて嘆息した。

何しろ彼は、武技より学問の方が得意だったのである。

しかも端座した姿勢も安定し、言葉遣いもぞんざいではない。やや小柄で童顔ではあるが理知的な目の輝きをして、これで藩の手練れが三人がかりで敵わなかったのだから、むしろ非の打ち所がないようである。

何とかアラを探し、主君に進言しようという意向だったらしい桔梗も言葉を失っていた。

「して、男女の交わりや女の身体の仕組みは知っておりましょうか」

やがて桔梗が話題を変え、能面のように表情も変えずに言った。

「い、いや、そればかりは無垢ゆえ、何も知りません……」

五郎太は嘘をついた。すでに何度となく千秋と交わって気を遣ることを教え、あるいは昨夜孕ませてしまったかも知れないなどと知ったら、この堅物の忠臣はどんな顔をすることだろう。

「左様ですか」

桔梗が、ようやく余裕の笑みを含んで答えた。五郎太の知らないことがあったので嬉しいのだろうが、内容が内容だけに、また急に表情を引き締めた。

「万一、五郎太殿が姫様の婿に納まるようなことがあれば、その役割は子作りです。何も知らないでは済まされません」

「はあ……」

「男の一物を女の陰戸に差し入れて精汁を放つと、あとは神様の選んだ日に孕み、十月十日で赤子が生まれ出《い》でます。精汁を出したことは」

桔梗は、糞真面目に言った。

「あります。自分でいじり、後ろめたく思ったことが多々……」

「なるほど、では精汁を放つ快楽は知っているのですね。それは頻繁に行なうのですか」

「ええ、日に二度か三度ですが」

「まあ、そんなに……」

桔梗は目を丸くし、見た目の割りに精力があるのだなと思ったようだった。

天女のような色白の豊頬が、ほんのりと桃色に染まった。五郎太の鋭い嗅覚が、ふんわりと濃くなる甘ったるい汗の匂いを感じはじめていた。

多少なりとも、桔梗は興奮を覚えはじめているのだろう。

「あの、陰戸というのは、どのようになっているものなのでしょうか……」

五郎太も無垢を装い、興奮を隠しながら訊いてみた。

「硬くなった一物が、ちょうど入るようになっております」

「誰もそうですか？」

「ええ、女なら誰もそうです」

「ならば、桔梗様の陰戸を見せていただけないでしょうか」

「な、何と……！」

言われ、桔梗が目を吊り上げて絶句した。

「見なければ分かりませんし、万一、婿になったところで姫様の陰戸を見るわけにも参りませんでしょう」

「あ、当たり前です……！」

「ですから、姫様に無礼のないよう、迷わぬ為にもお見せいただくのが最適かと」

「お、女の股など、見るものではありません！　だいいち武士が、女の股座《またぐら》に顔を差し入れるなど、あってはならぬことです！」

桔梗は頰から耳朶まで真っ赤にし、息を弾ませて答えた。

「しかし、間違いのないよう百聞は一見にしかず。まして姫様への忠義と思い、薙刀を良くする桔梗様なら、恥ずかしさに耐えうる精神の持ち主でしょうから、伏してお願いしております」

五郎太は追い詰めながら、いつしか激しく勃起していた。

「ひ、姫様への忠義……」

桔梗が呟くように言った。この武家の仕来りに凝り固まった女は、そうした言葉に弱いようだった。

「はい、姫様の身代わりに、先ず身体を開いて私に教授してくださいませ」

「た、確かに、私は五郎太殿の身体をつぶさに調べ、怪我《けが》や病気がないか確かめる任も持っているのですが……」

「ならば好都合、一緒に脱ぎましょう」

五郎太は言い、勝手に立ち、部屋の隅にあった布団を敷き延べ、先に袴を脱ぎはじめてしまった。

「お、お待ちを……」

「さあ、桔梗様も脱いでください。陰戸がどのようなものか見て納得したら、私の身体をどのようにでもお調べ下さいませ。武芸ばかりが忠義ではございますまい。羞恥に耐えることも、姫様のためです」

何のかんのと言いながら、五郎太は袴と着物、襦袢と足袋まで脱ぎ去り、下帯一枚になってしまった。

すると、ようやく桔梗も立ち上がり、悲壮な決意に頬を強ばらせ、小刻みに震える指でゆっくりと帯を解きはじめたのだった。

しゅるしゅると衣擦《きぬず》れの音を立て、完全に帯を解き、やがて桔梗は五郎太の見ている前で着物を脱ぎ、みるみる白い熟れ肌を露わにしていった。今まで着物の内に籠もっていた熱気も解放され、大人の女の体臭を甘ったるく濃厚に含んで、艶めかしく部屋に立ち籠めはじめた。

足袋と腰巻きを取り去ると、桔梗は半襦袢の前を開き、どのようにして良いのか分からぬふうに布団に座った。

「では、ここに仰向けに」

五郎太が言うと、桔梗も覚悟を決め、悲痛な面持ちでゆっくりと横たわった。

それでも胸を両手で隠し、目を閉じて神妙に脚を伸ばしてきた。

着瘦《きや》せするたちか、案外に腰は豊満で、色白の太腿もむっちりと張りつめて、実に熟れた量感を持っていた。

それにしても、上半身は襦袢姿で胸を掻き合わせ、臍から下が丸見えになっているというのも興奮をそそる眺めだった。張り詰めた下腹が小刻みに息づき、股間の丘にはふんわりと柔らかそうな茂みが煙っていた。

障子は閉まっているが、昼前の秋の陽が柔らかく射し込み、女体の隅々まで観察できる明るさだった。

五郎太は彼女の脚の方に回り込んで座り、足首を摑んで左右に開かせた。

「あ……！」

「どうか、大きく開いてください。それでないと見えませんので」

桔梗が声を上げ、五郎太は言いながらも腹這いになって股間に潜り込んでいった。

「アア……、こ、このようなこと、信じられません……」

桔梗は両手で顔を覆い、それでも僅かに両膝を立て、恐る恐る股を広げていった。

「亡きご主人に見られたことは？」

「あるはずございません……」

「気を遣ったことは？」

「ぞ、存じません……！」

桔梗は顔を隠しながらも、怒ったように言い放った。

とにかく五郎太は白く滑らかな内腿の間に顔を進め、とうとう美女の陰戸に鼻先を迫らせていった。

先ほどは、五郎太を殺めようと薙刀で本気で突いてきた。おそらく死闘など生まれて初めてのことだろう。そのときの興奮で股間は蒸れ、相当に汗ばんでいた。さらに、死ぬほどの羞恥に見舞われているのである。

武家の堅物同士では、亡き亭主とも暗い閨《ねや》で、実に淡白に終えただけだろう。口吸いをして乳をいじり、すぐにものしかかって交接だ。泰平の世とはいえ、武士はいつでも死地に赴く覚悟で生きるのを美徳とし、心酔わす情交など、最小限の行ないで手短に済ませてきたに違いない。

（つまらぬことだ……）

五郎太は思い、そのような武家の、しかも藩の頂点に居座ろうとしている自分が滑稽に思えてきた。

目を凝らすと、肉づきが良く丸みを帯びた割れ目の間からは、薄桃色の花びらがはみ出していた。しかし、さすがにまだ濡れてはいない。

彼はそっと指を当て、陰唇を左右に広げた。

「あぁッ……!」

触れられて、桔梗が息を呑むように声を洩らし、ビクッと激しく身を震わせた。生娘だった千秋以上の反応である。

好奇心が満々だった千秋と違い、夫を喪《うしな》ってから色事と縁を切り、藩のため生きることを誓った女である。その羞恥と衝撃、そして素破などに触れられる屈辱は、並大抵ではないのだろう。

開かれた陰唇の中は、綺麗な桃色の柔肉だ。

膣口周辺には細かな襞が花弁のように入り組んで息づき、明るいのでポツンとした尿口もはっきり確認できた。包皮の下から顔を覗かせるオサネは小粒だが、ツヤツヤとした光沢を放っていた。

「そ、そんなに見ないで……、もうお分かりでしょう……」

股間に彼の熱い息と視線を感じ、桔梗が息を詰めて言った。

「どこへ入れれば良いのでしょう」

「見れば分かるはずです……」

「ここですか」

「あう……！」

指先で膣口に触れると、桔梗がビクッと下半身を震わせて呻き、みるみる桃色の柔肉に泉が湧き出してきたのだった。

五

「なるほど、ここですね。確かに、一物を入れたら心地よさそうな穴です」

五郎太は指にヌメリを付け、浅く膣口に潜り込ませた。

「アアッ……！　ど、どうか、入れないで……」

桔梗は声を上ずらせ、何をしているか分からないほど朦朧《もうろう》となりながら、次第にクネクネと腰を悶えさせはじめた。

五郎太は指を引き抜き、さらにオサネに触れてみた。

「これは何でしょうか」

「ヒイッ……！　か、堪忍……！」

桔梗は、予想以上に激しく反応し、狂おしく腰をよじった。股間からは、何とも悩ましい匂いを含んだ熱気と湿り気が立ち昇り、いつしか膣口周辺には白っぽく濁る粘液も湧き出してきた。

五郎太は我慢できず、とうとう桔梗の股間にギュッと顔を埋め、柔らかな茂みに鼻をこすりつけ、濡れた陰戸に舌を這わせてしまった。

「あう！　な、何を……！　アア……、やめて……、犬のような真似を……」

桔梗の驚愕《きょうがく》はいかばかりだったろう。武家に生まれ、江戸藩邸で女子たちの薙刀の手本となり、隙なく生きてきた彼女の常識の中には、男が陰戸を舐めるなどという行為は微塵《みじん》もないのだった。

もちろん五郎太の方も、もう止まらなかった。

もがく腰を抱え込んで押さえ、淡い酸味のヌメリを味わい、恥毛に籠もった濃厚な汗とゆばりの匂いを貪った。

膣口の襞を舌先で掻き回して舐め上げ、上の歯で包皮を剝き、完全に露出した小粒のオサネを吸いながら舌先で弾いた。さらに指を再び膣内に潜り込ませ、内壁を小刻みに擦ってやった。

「ああ……、もう駄目……、死にそう……」

桔梗は力無く言うなり、あとは奥歯を嚙みしめて硬直し、身を反らせながらガクガクと狂おしく痙攣しはじめた。どうやら、本格的に気を遣ってしまったようだ。

「アアーッ……！」

堪えていた大きな声が洩れ、あとはグッタリと力が抜け、もうどこに触れてもピクリとも反応しなくなってしまった。

五郎太が指を引き抜くと、白濁した粘液が淫らに糸を引いた。

失神してしまったかと思ったが、彼が股間から身を離すと、桔梗は荒い呼吸を繰り返しながら股間を庇《かば》うように股を閉じ、ごろりと横向きになって身を縮めてしまった。

五郎太は、その間に下帯を取り去り、自分も全裸になってから、正体を失っている彼女の足裏に顔を押しつけた。

足裏は生温かく汗ばみ、脂じみて湿った指の股も、蒸れた芳香が濃く籠もっていた。

五郎太は何度も鼻を割り込ませて嗅ぎ、武家女の爪先にしゃぶり付き、全ての指の股に舌を割り込ませて味わった。

「く……」

朦朧としながらも、違和感に彼女が呻き、ピクリと脚を震わせて反応した。

彼は両足とも味と匂いが薄れるまで舐め回し、やがて桔梗の滑らかな脚を舐め上げ、身体を丸めているため突き出された尻に迫っていった。

白く豊満な丸みは実に艶めかしく、指でむっちりと谷間を開くと、細かな襞の震える蕾が見えた。

鼻を埋め込むと、顔中に柔らかく弾力ある双丘が密着し、蕾に籠もる秘めやかな匂いが馥郁と鼻腔を刺激してきた。やはり上品で慎ましやかな武家女でも、ちゃんと用は足すのである。

五郎太は美女の恥ずかしい匂いを貪り、舌先でチロチロと蕾を舐め、襞を濡らしてからヌルッと潜り込ませ、滑らかな粘膜まで執拗に味わった。

「う……、んん……」

また桔梗が違和感に呻き、潜り込んだ舌先を肛門でモグモグと締め付けてきた。

五郎太は少しでも奥まで潜らせようと顔を押しつけ、内部で舌を蠢かせた。

すると桔梗がむずがるように寝返りを打ち、再び仰向けになってきたので、彼は脚を潜り抜け、大量の淫水でヌルヌルになっている陰戸に舌を這わせた。

蒸れた汗とゆばりの匂いに、大洪水になっている蜜汁の生臭い成分も混じり、はみ出した陰唇は興奮に濃く色づいていた。

新たな淫蜜をすすり、すっかり過敏になって突き立ったオサネを舐め上げると、

「あう……！　も、もう止めて……」

ビクッと震え我に返った桔梗が、彼の顔を股間から突き放してきた。

五郎太も熟れ肌をたどるように這い上がり、甘えるように桔梗に腕枕してもらい、何とも豊かな乳房に顔を迫らせた。

胸の谷間と腋からは、汗ばんで甘ったるい体臭が馥郁と漂い、上からは花粉か白粉《おしろい》に似た甘い息が吐きかけられた。

桔梗は、五郎太を押さえつけるようにして、抱きすくめた。もう彼に悪戯させないつもりなのだろう。

「呆れました……。さすがに素破は、獣と同じようなことをするのですね……」

桔梗が薄目で彼を見下ろし、まだ力の入らない声で囁いた。

「ええ、でも気持ち良かったでしょう。ひょっとして、初めて気を遣ったのでは？」

「存じません……。ゆばりを放つところを舐めるなど、真っ当な人のすることではありません。それに陰戸ばかりか、足や尻まで舐めるなど……」

やはり放心状態でも、朧気《おぼろげ》に覚えているようだった。

五郎太は熟れた体臭に包まれながら、ツンと突き立っている乳首にそっと触れた。

「あん！」

桔梗が可憐な声を洩らし、ビクリと熟れ肌を震わせた。

五郎太も膨らみに顔を寄せ、チュッと乳首に吸い付き、もう片方を揉みしだいた。

「アア……」

桔梗は熱く喘ぎ、少しもじっとしていられないように身悶えた。

五郎太は舌で転がし、顔中を豊かで柔らかな膨らみに埋め込み、軽く歯でも刺激した。

のしかかるように移動すると、もう片方の乳首も含んで舐め回し、さらに腋の下にも顔を埋め込み、柔らかな腋毛に籠もった汗の匂いで胸を満たした。

そして乳房への愛撫を指で続けながら、白い首筋を舐め上げ、とうとうピッタリと桔梗に唇を重ねていった。

「う……」

桔梗は眉をひそめ、小さく呻いた。

彼は柔らかな感触を味わい、熱く湿り気ある息を嗅ぎ、そろそろと舌を差し入れていった。唇の内側を舐め、滑らかな歯並びと歯茎をたどりながら、コリコリと乳首をいじると、ようやく彼女の歯が開かれた。

五郎太は舌を潜り込ませ、温かく濡れた美女の口の中を舐め回した。

舌を触れ合わせると、ビクッと奥へ避難したので、なおも追うようにからみつけ、滑らかな感触と唾液のヌメリを味わい、乳首を刺激し続けた。

「ンンッ……！」

ようやく桔梗も熱く鼻を鳴らし、舌を触れ合わせ、反射的にチュッと吸い付いてきた。

五郎太もグイグイと口を押しつけ、美女の唾液と吐息に酔いしれた。

やがて唇を離すと、桔梗はまた興奮を甦《よみがえ》らせたように荒い呼吸を繰り返した。

「ねえ、桔梗様。入れてみたい……」

「な、なりません……、そのようなことまでする覚えはありません……」

「でも、してみなければ情交がどのようなものか分かりませんので」

言うと、桔梗は身を起こした。

「とにかく、今度は私がつぶさに調べる番です」

彼女は気を取り直したように表情を引き締め、彼の頰から首、胸へと手のひらを這わせてきた。

「それほど、鍛えられているようには見えぬのですが……」

桔梗は、彼の筋肉の様子に触れながら不思議そうに言った。まだ、五郎太の強さが信じられないのだろう。

さらに胸に手を当てて鼓動を計り、腹を圧迫し、しこり等がないか診ながら腰から太腿、足から爪先まで検分していった。

そして股を開かせ、屹立した一物から目を逸らし、ふぐりにそっと触れ、脚を浮かせて肛門の様子まで覗き込んできた。

　どこも気になる部分はなく、最後に桔梗は一物に熱い視線を落としてきた。

「自分で、精汁を放ってください。それで調べは終わりです」

　どうやら、真っ当な射精をするかどうか検分するようだ。

「桔梗様が、してくださいませ……」

　五郎太は、激しく勃起した肉棒を震わせながら、甘えるように言った。

「お断わりです。自分でどうぞ」

「ならば、陰戸を見ながら自分でしますので、顔を跨いでください」

「なんと……！」

　彼の言葉に、桔梗が眉を吊り上げた。

「女に顔を跨られたいのですか。そのような痴《し》れ者は、命に代えても姫様の婿にさせてなるものですか！」

「わあ、怒ると美しい……」

　五郎太は激しく興奮し、思わず一物を握ってしごきはじめてしまった。

　それを見た桔梗も、何とか気を取り直して怒りを治め、彼が射精するまで熱い視線を注ぐことにしたのだった。

第四章　武家女の倒錯した欲望

一

「まだですか……、早く終えたいのです……」

一物をしごいている五郎太を見て、桔梗が焦《じ》れたように言った。

「ええ、やはり見られていると出ないものです。手伝ってくださいませ」

彼が言うと、桔梗もにじり寄ってきた。終えたい一心と、そして淫欲と好奇心も、当然ながら芽生えているようだった。何しろ彼の指と舌で、すでに生まれて初めてとも言える快楽を得てしまったのである。

「手伝えとは、どのように……」

「私の、乳を舐めてくださいませ……」

五郎太が言うと、それぐらいなら良いか、というふうに桔梗が屈み込み、熱い息で肌をくすぐりながら、そっと彼の乳首を舐めてくれた。

「アア……、いい気持ち……、どうか、嚙んで……」

言うと、桔梗はチロチロ舐めていた舌を引っ込め、そっと乳首に歯を立ててくれた。

「あう……、もっと強く……」

五郎太は甘美な痛みと快感に身悶え、息を弾ませてせがんだ。

桔梗もやや力を込めたものの、ひょっとして姫君の婿になる男かも知れないと思い出したか、渾身《こんしん》の力を込めるようなことはしなかった。

そして彼女は両方の乳首を舌と歯で愛撫し、顔を上げた。

「ここも……」

次に五郎太は、自分の内腿を差して言い、そこも桔梗は苦もなく舌を這わせ、キュッと綺麗な歯で嚙みしめてくれた。

「アア……、いい気持ち……、ここも舐めて、歯を当てずに……」

五郎太は快感に身悶えながら、屹立した一物を彼女の鼻先に突き出して言った。

「わ、私に、ゆばりを放つところを舐めろと……?」

「ええ、あるいは皆川家の子孫を作る場所ですよ」

桔梗が心外そうに言ったが、五郎太の言葉にすぐハッとなった。見下している素破の、最も不浄な部分が、藩の命運を担うかも知れぬ葛藤《かっとう》に彼女は揺れ動いた。

さらに彼が股間を突き上げると、桔梗も納得して屈み込んできた。やはり諸々《もろもろ》の思惑よりも、自分もされて心地よかったのだし、次第に妖しい快楽の世界にのめり込んでしまったのだろう。

これも、ある種の淫法であった。時として快楽とは、どんな考えよりも優先してしまう本能なのである。

五郎太の股間に熱い息がかかり、先端にそっと唇が押し当てられた。

桔梗は意を決してヌラリと舌を伸ばし、鈴口を舐め回してくれた。一度舐めてしまうと、次第に度胸がついたようにスッポリと亀頭を含み、吸いながらクチュクチュと舌をからみつけてきた。

オズオズと触れる舌の滑らかさが心地よく、張りつめた亀頭がたちまち美女の唾液に温かくまみれた。

「ああ……、いい……」

五郎太はうっとりと喘ぎ、さらに股間を突き上げて根元まで呑み込んでもらった。

桔梗の口の中は熱く濡れ、唇が丸く幹を締め付け、切れぎれの鼻息が恥毛を心地よくくすぐった。

「ここも舐めて……」

果てそうになると肉棒を引き抜き、五郎太は桔梗にふぐりもしゃぶらせた。

彼女は息を詰め、屈辱に堪えて懸命に舌を這わせ、二つの睾丸を転がしてくれた。いや、屈辱ばかりでなく、こうした行為に桔梗はいつしかぼうっとなるほど夢中になり、新たな淫蜜が湧き出しているように腰をくねらせ、熱く息を弾ませはじめていた。

やがて五郎太は彼女の手を握って引っ張り上げ、一物を跨がせた。

「ねえ、入れたい……」

「なりません……、そのようなことまで教えるつもりはありません……」

「でも、しないとどのような心地か分からないし、万一失敗して姫様に失礼があってはなりませんので。さあ」

五郎太は茶臼（女上位）の体勢で、真下から先端を濡れた陰戸に押しつけた。

「あう……、わ、私が上になるなど……」

刺激されて呻き、桔梗も次第に受け入れる気持ちに傾いていった。

「ええ、最初は桔梗様が上になって教えてくださいませ」

「お、女が上など、あってはならぬことです……」

「今の私は、武士の格好をした素破に過ぎませんので、どうぞご存分に」

言いながら、なおも突き上げると、桔梗もようやく先端に膣口を合わせてきた。

そして息を詰め、ゆっくりと腰を沈み込ませてきたのだ。

張りつめた亀頭がズブリと潜り込むと、あとは大量の潤いと彼女の重みで、ヌルヌルッと滑らかに繋がっていった。

「アアーッ……！」

桔梗は完全に座り込み、股間を密着させたまま今にも気を遣りそうに激しく声を上げた。

中は熱く濡れ、締まりも素晴らしかった。そして何より、実に久しぶりの情交だろうし、これほど濡れたことも生まれて初めてに違いない。

五郎太も肉襞の摩擦と温もり、締まりと収縮に包まれて高まった。

彼女は上体を反らせて硬直していたが、やがて起きていられなくなったように身を重ねてきた。

五郎太も抱き留め、僅かに両膝を立てて尻の感触も太腿で味わいながら、ズンズンと小刻みに股間を突き上げはじめた。

「あうう……、駄目……、変になりそう……」

桔梗が涙目で息を震わせて訴えたが、もう五郎太の勢いは止まらなかった。

顔を上げて左右の乳首を吸い、甘ったるい体臭に噎せ返りながら、首筋を舐め上げて唇を求めた。

「ンンッ……」

桔梗も激しく唇を押しつけ、熱く甘い息を弾ませながら次第に腰を使いはじめてきた。

大量に溢れる淫蜜が律動をヌラヌラと滑らかにさせ、ふぐりまでネットリと濡れ、動きに合わせて湿った摩擦音も聞こえてきた。

「アア……、嫌らしい音……」

唇を離し、桔梗も相当感じながら喘ぎ、次第に自分から腰を使いはじめた。

「なんていい匂い……」

五郎太も勢いを付けて股間を突き上げ、彼女の喘ぐ唇に鼻をこすりつけて言い、湿り気と甘みを帯びた大人の女の口の匂いに酔いしれた。

「唾を出して……」

囁くと、すっかり快感に浸っている桔梗は言いなりになり、渇いた口に懸命に唾液を溜め、トロリと彼の口に垂らしてくれた。小泡が多く、適度な粘り気を含んだ唾液を味わって飲み込み、五郎太はうっとりと喉を潤した。

「顔中にも強く吐きかけて……」

「そ、そのようなこと、出来ません……、殿になるかも知れないのに……」

彼の要求に、桔梗が驚いたように息を震わせて答えた。

「まだ素破ですし、桔梗様も心の中ではそのようにしてみたいでしょう。さあ」

言うと、桔梗は迷ったようにキュッと膣内で一物を締め付けてきた。

「殿になったとしたら、忘れてくださいね……」

その気になったようで、桔梗の熱い淫水の量が格段に増してきた。五郎太も、期待と興奮に幹を震わせて答えた。

「ええ、もちろん……」

「この、素破ずれが……！」

桔梗はきつい目で彼を睨み、形良い唇をすぼめると唾液を滲ませ、そのままペッと勢いよく彼の顔に吐きかけてきた。甘い息が顔中を包み、生温かな粘液の固まりがピチャッと鼻筋に降りかかり、頰の丸みをトロリと伝い流れた。

「ああ……、もっと……」

五郎太は、美女の唾液に陶然となり、激しく股間を突き上げながらせがんだ。

すると桔梗も高まりながら、自棄《やけ》になったように何度も続けて唾液を吐きかけ、彼の顔中をヌルヌルにしてくれた。

「アア……、お、お許しを……、気持ちいい……、ああーッ……！」

大胆な行為に混乱しながら、桔梗はとうとう激しく気を遣ってしまい、ガクンガクンと狂おしい痙攣を開始した。

膣内の収縮で揉みくちゃにされながら、五郎太も続いて絶頂に達し、ありったけの熱い精汁を勢いよく内部にほとばしらせた。

「ヒイッ……、か、堪忍……！」

奥深い部分を直撃され、駄目押しの快感を得た桔梗が、それ以上の快感を恐れるように移動して引き抜こうとした。

しかし五郎太は抱いて押さえつけ、なおも容赦なくズンズンと肉壺を突きまくり、心おきなく最後の一滴まで出し尽くしたのだった。

「し、死ぬ……！」

桔梗は息も絶えだえになって肉棒を締め付け、とうとう失神したようにグッタリと硬直を解いて体重を預けてきた。完全に力が抜けきると、そのまま溶けてしまいそうにもたれかかってきた。

五郎太は、ようやく動きを止め、彼女の重みと温もりの中、美女の甘い吐息を間近に嗅ぎながら、うっとりと快感の余韻を嚙み締めたのだった。

桔梗の全身は弛緩《しかん》しているが、膣内のみ、まだ名残惜《なごり》しげにキュッキュッと締まり、過敏になった一物が応えるように内部でピクンと跳ね上がった。

「く……！」

天井を刺激され、放心している桔梗がビクリと肌を震わせて呻き、さらに強く締め付けてきた。

千秋のような無垢な美少女も素晴らしいが、この桔梗のように熟れた後家も実に良いものだ。五郎太は荒い呼吸を整えながら、そう思ったのだった。

二

「朧様が、殿の気持ちを変えさせたのですか？」

夜半、五郎太は中屋敷を訪ねてきた朧に訊いた。

風呂と夕餉を終えると、五郎太は与えられた部屋に床を敷き延べ、あとは寝るだけとなっていた。

上屋敷から来た何人かの女中は、湯殿と夕餉の仕度をした後そのまま帰るかと思ったが、結局泊まり込んで、明日の食事や千秋を迎える仕度をするようだった。

だから、夜は桔梗と二人きりにならず、また彼女も、昼間の快楽が大きすぎて恐れを為《な》したのか、どうにも五郎太を避けがちになっていた。

朧は、いつもの男姿だが、桔梗には気づかれずに忍び込んできていた。昼間は、気ままに江戸のあちこちを歩き回っていたようだ。

「昨夜、殿が眠っているとき、囁きかけて術をかけた。姫様が五郎太を婿にしたいと殿に訴えかけてすぐ、殿はお前を亡き者にしようと画策したようだ。それを聞いた家老が、三人の手練れと桔梗様を中屋敷に寄越したのだ」

朧が大小を置いて言う。どうやら今宵はここで寛いでくれるようだ。

「ふうん、やっぱり素破は、泰平の世には邪魔なんでしょうかねえ」

「いや、姫がお前に執着しているから、禍根を断とうとしただけだろう。もっとも、それは一夜にして変心させたが」

「そう、じゃ殿と情交して淫法をかけたわけではないのですね」

「変心させるだけなら淫法は要らない」

「ああ、良かった」

五郎太は、まだ朧が自分以外の男を知らないことに安堵して言った。

昼間桔梗と濃厚な一回をしたとはいえ、夜はまた別である。桔梗は女中たちを慮って、今宵は五郎太の部屋には来ないだろうから、せめて大好きな朧と情交したかった。

早速、彼が寝巻を脱ぎ去り全裸になると、朧も手早く脱いで一糸まとわぬ姿になってくれた。

横たわった朧に抱きつき、五郎太は熱烈に唇を重ねた。

柔らかく弾力ある感触と、月影谷の果実の匂いに似た甘酸っぱい息を嗅ぎ、ネットリと舌をからめていった。

彼女も舌を蠢かせて応じ、五郎太の頬から胸、股間にも指を這わせてきた。淫法の手練れである朧にかかれば、彼など赤子同然である。

五郎太は心ゆくまで朧の唾液と吐息を吸収し、ようやく唇を離して乳首を求めた。

朧ものしかかるように、彼の顔中に柔らかな膨らみを押しつけてくれた。今日も朧の胸元と腋からは、心まで溶けてしまいそうに甘ったるい芳香が漂っていた。

「ああ……、もっと強く吸って……、噛んでもいい……」

朧が熱く息を弾ませて言った。彼女も、微妙な愛撫よりは、強い刺激の方を好むようになっているのだろう。

五郎太は顔中に密着する膨らみで、心地よい窒息感に噎せ返りながら、懸命に舌を蠢かせて強く吸い、軽くコリコリと歯で乳首を刺激した。

「いい気持ち……」

朧はうっとりと喘ぎ、自分からもう片方の乳首に交替させてきた。

五郎太は、そちらも念入りに舌で転がし、吸引と愛咬《あいこう》で刺激してから、朧の腋の下に顔を埋め込み、悩ましい体臭で鼻腔を満たした。

そして甘ったるい濃厚な汗の匂いを堪能すると、彼女の身体を押し上げ、顔に跨ってもらった。

この体勢だと割れ目に自分の唾液が溜まらず、溢れる淫水を直《じか》に感じることが出来るし、美女に跨られるという状況も興奮するので好きなのだった。

朧も厭わず、厠でしゃがみ込む格好になり、彼の鼻先に濡れた陰戸を迫らせてきた。

柔らかな茂みに鼻を埋め、汗とゆばりの混じった芳香を胸いっぱいに嗅ぎ、五郎太は陰唇の内側に舌を差し入れていった。

柔肉を舐め回すと、ほんのりした残尿の味わいに混じり、みるみる淡い酸味の蜜汁が溢れて舌の動きを滑らかにさせていった。

息づく膣口からオサネまで舐め上げると、

「アアッ……!」

朧がビクッと反応し、顔をのけぞらせて喘いだ。なおも舐め回すと、彼女も思わずギュッと彼の顔に体重をかけて座り込んできた。

五郎太は懸命にオサネを吸い、溢れる淫水で喉を潤した。さらに尻の真下に潜り込み、蕾に鼻を埋め込んで秘めやかな微香を嗅ぎ、顔中にムッチリとした双丘を密着させながら美女の尻の下にいる幸福感に浸った。

舌先を潜り込ませ、ヌルッとした粘膜を味わい、出し入れさせるように動かしていると、鼻先に密着する陰戸からさらに新たな蜜汁がトロトロと湧き出てきた。

朧は何度か彼の顔中に陰戸をこすりつけると、自分から股間を引き離し、五郎太の股間に顔を屈み込ませてきた。

先端をしゃぶり、喉の奥までスッポリと呑み込み、熱い息で恥毛をくすぐりながら強く吸い付いた。

「ああ……、気持ちいい……」

五郎太は朧の愛撫に身を任せて喘ぎ、彼女の濡れた口の中で唾液にまみれた一物を震わせて悶えた。

そして彼が充分に高まると朧はスポンと口を引き離し、身を起こして茶臼で跨ってきたのだ。そして先端を陰戸にあてがうと、一気にヌルヌルッと根元まで受け入れて座り込んできた。

「アアッ……！」

朧が顔を上向けて喘ぎ、股間を密着させてキュッと締め上げた。

さらに彼女は、意外な行動を起こした。自分の帯を手にすると天井の梁《はり》に投げつけ、シュルッと巻き付けて輪にしたのだ。その輪に、両脚の膝裏を引っ掛けて宙に吊り下がったのである。

要するに、彼女は帯の輪にぶら下がり、互いに密着しているのは股間だけとなった。

それは何とも妖しい快感だった。股間に朧の重みを感じないのに、屹立した一物のみが、温かく締まる柔肉に包まれているのである。

幹を伝って滴る淫水が、彼の股間を生温かく濡らし、肛門の方まで伝い流れた。

朧は帯に摑まりながら、徐々に身体を回転させた。一物が心地よく擦られ、帯がよじれて瘤《こぶ》になると、今度は逆回転をはじめた。

「あうう……、いい気持ち……」

朧が声を上ずらせて呻き、身体が回転する度、溢れる淫水が丸く円状に飛び散った。

五郎太も、肉襞の摩擦に翻弄され、激しく高まっていった。

さすがに、素破ならではの体位であろう。朧もまた、生身の一物の挿入にのめり込み、様々な方法を試したいようだった。

やがて二人とも充分に高まると、朧が帯の輪から身を降ろして、彼に重なってきた。五郎太も彼女を抱き留めながらズンズンと股間を突き上げ、絶頂を目指して勢いを付けていった。

宙に舞う交接も心地よかったが、やはり気を遣るときは肌を重ね、朧の唾液と吐息を味わいながら昇り詰めたかった。だから、彼女が重なってくれたのが嬉しかった。

五郎太は下からしがみつき、股間を突き上げながら朧の喘ぐ口に鼻を押しつけ、かぐわしい果実臭の息で鼻腔を満たした。そして朧にせがんで唾液を垂らしてもらい、喉を潤しながら絶頂に達していった。

「く……、いく……！」

彼は突き上がる快感に口走りながら、熱い精汁をドクドクと勢いよく朧の柔肉の奥にほとばしらせた。

「ああ……、気持ちいいわ……、もっと、アアーッ……！」

噴出を感じた途端、朧も激しく気を遣り、声を上ずらせて口走りながらガクンガクンと狂おしく全身を波打たせた。

膣内の収縮の中、五郎太は心ゆくまで快感を貪り、最後の一滴まで出し尽くした。

徐々に動きを弱めながら力を抜いていくと、

「ああ……、良かった……」

朧も満足げに声を洩らし、強ばりを解いてぐったりと彼に体重を預けてきた。

五郎太は朧の匂いと温もりに包まれながら、何度かピクンと内部で幹を跳ね上げ、快感の余韻を嚙み締めたのだった。

三

「皆様、上屋敷の方へおいでになりました」

五郎太が顔を洗って朝餉の席に就くと、梢という名の女中が給仕をしながら言った。

「そう、桔梗様も行ってしまったか」

「はい。上屋敷では、姫様の披露目があり、昼に宴を催すようです。それが済んだら、姫様も、桔梗様と一緒にこちらへお越しになるということでした」

梢が言い、五郎太は頷いて食事を始めた。

どうも、自分だけ仲間はずれのようだが、まあ正智も、素破であり婿候補でもある五郎太を扱いかねているのかも知れない。

とにかく、十七歳になった千秋を、藩士一同に見せ、それから姫君としての躾を一から始めるのだろう。

披露目をすれば、藩士の中から我こそはという優秀な婿候補が現れるかも知れないという意図もあるようだった。

彼が目覚めたときにはすでに朧はいなかったから、五郎太を千秋の婿にするために、また上屋敷で何かと画策しているに違いなかった。

朧はもう、五郎太と一緒になろうなどという私心を捨て、月影谷の血筋を皆川家に混じらせることに生き甲斐《がい》を見出《みいだ》しているのだろう。

とにかく日が傾く頃まで、五郎太は、この梢と二人きりのようだった。

訊くと、十八で五郎太と同い年。彼が素破ということは知らず、婿の候補として丁重に扱うよう言いつかっているようで、相当に緊張していた。

彼女は藩士の娘だが、父親が病に伏せり役職もままならないため、商家からの奉公人に混じって女中として働いているのである。

苦労しているようだが働き者で、性格も明るいようだ。

丸顔でぽっちゃりとし、つぶらな眼差しとぷっくりした唇が愛らしい。胸も腰もムチムチと発育し、それを羞じらうように身を縮めた風情が何とも可憐だった。

やがて食事を終えると、梢は空膳を下げ、厨《くりや》で洗い物を始めた。

五郎太は、また部屋で床を敷き延べ、ごろりと横になった。どうせ千秋が来る夕刻からは、桔梗による藩主たるものの教育が始まるのだろうから、今は少しでものんびりしておきたかった。

「まあ、またお休みなのですか」

部屋に掃除に入ってきたらしい梢が言った。

「ええ、口うるさそうな桔梗様がいないうちに身体を休めます」

五郎太は、着流しで仰向けになったまま答えた。

「そんな、私には丁寧なお言葉など要りませんのに……」

梢は掃除を始めるわけにもいかず、恐縮しながら、傍らに座った。そして思い詰めた顔でしばし黙り、やがて口を開いた。

「あの、お願いがございます……」

「はあ、何です？」

五郎太は、横になったまま顔だけ向けて聞き返した。

「その……、お情けを、頂戴《ちょうだい》するわけに参りませんでしょうか……」

「え……？　それは、どういう……」

重ねて訊くと、梢は頬から耳朶まで真っ赤に染め、俯《うつむ》きながら小さく答えた。

「五郎太様のお子がほしいのです……」

「そんな……、私はまだ藩主を継ぐなんて決まっていませんので……」

五郎太は驚いて答えながらも、いつしかムラムラとこの可憐な武家娘に淫気を催しはじめてしまった。

「いいえ、上屋敷の噂では、姫様が大層なご執心とか。私も、五郎太様が姫様とご一緒になるような気がします。その前に、是非ともお子を……」

梢が言い、五郎太も身を起こして事情を聞いた。

すると、別に彼女に野心などはなく、単に自分が側室にでもなって孕めば、病で役に立たぬ父親の面目も立つだろうという理由らしい。もとより、藩主たるもの側女《そばめ》を置くのも常識である。

たまたま正智は子宝に恵まれず、どの側室も子を孕まなかったようで、実子は今のところ千秋一人になってしまった。

「そう、話は分かったけれど、情交を知っているの？」

「いいえ、したことはないけれど、仲間と話し合って知っています」

商家から働きに来ている娘の中には進んだ子もいて、こっそりと際どい話をすることもあるようだった。

「互いに裸になって股を合わせるのですよ。こんなに明るいのに、恥ずかしいのは我慢できますか？」

「できます。していただけますか」

梢が目を輝かせて言った。

好奇心というより、これはこれで桔梗とはまた違った種類の武家女なのだろう。家の名誉のため、羞恥に耐えようというのである。

「ええ、では脱いでください。何もかも」

「は、はい……」

五郎太が勃起しながら言うと、梢は思い詰めた眼差しで大きく頷き、立ち上がって帯を解きはじめた。

「ああ、脱ぎながら聞いてください。交わるためには、男がその気になって、一物が硬くならないといけないのは承知していますか」

「え、ええ……、何となく、存じております……」

梢が手を休めて言い、また思い出したように脱ぎはじめた。

「では、私がその気になるため、色々なことを言いつけますが、言いなりになってください。私も初めてなので、姫君に失礼があってはいけないので、梢さんの身体でとことん学んでおきたいのです」

五郎太が無垢を装い、桔梗に求めたようなことを言うと、梢も重々しく頷いて帯を解き、着物を脱ぎ去った。

「全部、ですか……」

「そう、何もかもです」

五郎太が言うと、梢は背を向けて座り、襦袢と足袋を脱ぎ、腰巻きの紐も解きはじめた。室内に、生娘の甘ったるい体臭が生ぬるく立ち籠めてきた。早朝から働き回っていたから、相当に全身は汗ばんでいるようだ。

やがて彼も着物と下帯を脱ぎ去り、全裸になって布団に仰向けになった。

梢も一糸まとわぬ姿になり、白く滑らかな背を向けたまま、次の指示を待ってじっとしていた。

当然ながら彼女の常識では、添い寝して乳でもいじられ、すぐ挿入するぐらいに思っているのだろう。

もちろん五郎太は、そんな莫迦なことはしない。じっくりと生娘の全身を賞味し、挿入まで半刻（約一時間）以上は楽しみたかった。

「ではこちらを向いて、男のものを見てください」

「はい……」

梢はゆっくりとこちらに向き直り、全裸で仰向けの彼を見下ろし、やがて熱い視線を股間に注いできた。

「まあ、こんなに大きく立って……」

初めて男のものを見る梢は、息を呑みながらも、もう視線が釘付けになっていた。

「ええ、立っているからすぐ入るかと言えば、そうではありません。初回が痛いのは聞き及んでいるでしょう」

「ええ……」

「それには、互いに濡らさないといけません。潤いが多いほど滑らかに入り、痛みも和らぎますので」

「では、どのように……」

「まずは、一物を可愛がってください」

五郎太は、期待にヒクヒクと幹を震わせて言った。

「か、可愛がるとは、どのように……」

「どのようにでも、まずは好きなようにしてみてください」

すると梢はにじり寄り、震える指先でそっと一物に触れてきた。まるで、初めて鰻《うなぎ》でも摑むようにおっかなびっくりな仕草だ。

恐る恐る先端に触れ、無垢な指先で張りつめた亀頭を撫で、もう片方の手では、幹からふぐりをいじってきた。

「ああ……」

「気持ち良いのですか……」

「ええ、もっと色々してください」

五郎太が言うと、梢は彼が喘ぐのが嬉しいのか、次第に満遍なく指を這わせてきた。二つの睾丸を確認し、幹をニギニギと手のひらに包んで動かし、果ては汗ばんで生温かな両手のひらで、お団子でも丸めるように亀頭をいじってくれた。

「ああ、気持ちいい……、今度はしゃぶってみて……」

「え、お口で……？」

梢が驚いたように言った。

「ええ、入れる前には唾で濡らすのが最も良いのです。歯を当てぬよう、舐めたり吸ったりしてください」

梢は少しためらったが、従ってくれた。何と言っても、未来の殿様に命じられたのだ。

彼女が屈み込むと、微かな息が股間に籠もり、先端にそっと無垢な唇が触れてきた。

チロリと舌が伸びて鈴口を舐め、小さな口を精一杯丸く開いて亀頭を含んできた。

「ああ……、いい……、もっと深く……」

股間を突き上げて言うと、梢も深々と呑み込み、温かく濡れた口に納めてくれた。

五郎太は清らかな温もりに包まれ、内部でヒクヒクと幹を震わせて快感を味わった。梢も上気した頬をすぼめて吸い付き、舌もクチュクチュと蠢かせてくれた。

やがて五郎太は激しく高まり、危うく果ててしまう前に口を離させた。

顔を上げた梢も、興奮に息を弾ませていた。

「では、どうか……」

「いや、まだ入れるのは早いです。姫様に出来ぬことを色々してもらいたいので、まずは立ち上がってください」

彼が仰向けのまま言うと、梢もモジモジしながらも言いなりになって、胸を隠して立ち上がった。

色白で、胸も腰も充分すぎる丸みを持ち、実に清潔感ある色気が匂い立つようだった。

「では、私の顔の方に」

言うと、梢も羞じらいながらそろそろと近づいてきた。

「では、私の顔に脚を載せてください」

「ええッ……！　なぜ、そのような……」

梢は目を丸くし、思わず胸と股間を隠すのも忘れたように立ちすくんだ。

「女の身体の隅々まで味わってみたいからです。姫様にはさせられないので」

「こ、このようなこと、誰もしないと思いますけれど……。それに私が、無礼打ちになったら、父どころか看護に疲れている母まで……」

梢の言葉に五郎太は苦笑し、ますます可愛らしく思えてきた。

四

「無礼打ちなんかしませんてば。とにかく、それをしてもらうと、その気になるので」

「どうしてもですか……」

五郎太が本気らしいと知ると、梢はとうとう悲壮な決心をし、壁に手を突いてふらつく身体を支え、そろそろと片方の足を浮かせてきたのだ。

彼が興奮して待っていると、やがて梢の足裏が迫り、そっと頰に触れてきた。

「ああ……、も、もうお許しを……」

彼女は可哀相なほどガクガクと膝を震わせ、息も絶えだえになって哀願した。

しかし五郎太は梢の足首を摑んで押さえ、足裏の感触を鼻と口に感じ、舌を這わせはじめたのだ。

「アアッ……、何をなさいます……！」

舐められて、ますます梢は動揺に身を震わせた。

それを押さえつけ、縮こまった指の股に鼻を割り込ませ、汗と脂にジットリ湿り、蒸れた匂いを貪り、爪先にもしゃぶり付いた。

「ヒイッ……！」

指の股に舌を割り込ませると、梢は息を吞み、今にも座り込みそうになるほど身を震わせた。五郎太は全ての指を吸い、足を交替させ、そちらの新鮮な味と匂いも心おきなく貪り尽くした。

「さあ、顔を跨いでしゃがみ込んで」

「で、出来ません……」

真下から言うと、梢は泣きそうな声で嫌々をして言った。

「姫様がしてくれないことをしてくれれば、側室になっても長く可愛がれるし、二人だけの秘密を持ちたいんだ」

五郎太は、何のかんのと言いながら彼女の足首を摑んで顔の左右に置き、手を引いて強引にしゃがみ込ませていった。

「ああッ……！」

屁《へ》っ放《ぴ》り腰でしゃがみ込みながら、梢が声を震わせた。

にょっきりと健康的に伸びた脚がしゃがみ込むと、さらにムチムチと脹ら脛や内腿が量感を増して張りつめた。そして饅頭のように丸みを帯びた割れ目が鼻先に迫り、生ぬるい熱気と湿り気が彼の顔中を包み込んだ。

割れ目からは僅かに花びらがはみ出し、肌の温もりとともに、ほんのりしたゆばりの匂いが感じられた。

そっと指を当てて桃色の陰唇を開くと、

「あん……」

触れられた梢が声を洩らし、ビクリと内腿を震わせた。

中の柔肉は、ヌメヌメと蜜汁にまみれていた。やはり情けをほしいと決意したときから、生娘ながら肉体が受け入れる準備を始めていたのかも知れない。

膣口には細かな襞が入り組み、亀頭の形をしたオサネは割りに大きめで、綺麗な光沢を放っていた。

「アア……、どうか、そんなに見ないで……」

「とっても綺麗ですよ。それにいい匂いがする」

「う、嘘です、そんなの……、ああッ！」

ペロリと陰戸を舐めると、梢が激しく声を上げた。

陰唇はほんのりゆばりの味がした。淡い若草に鼻を埋め込むと、甘ったるく濃厚な汗の匂いが満ちていた。

五郎太はもがく腰を抱え込んで押さえながら、舌先で膣口をクチュクチュと掻き回し、淡い酸味のヌメリをすすりながらオサネまで舐め上げていった。

「あう……、い、いけません、汚いから……」

梢は譫言《うわごと》のように朦朧となりながら言い、ヒクヒクと下腹を波打たせた。それでも抜けそうになる力を入れ直し、座り込まぬよう懸命に両脚を踏ん張っていた。

舐めるごとに蜜汁の潤いが多くなり、五郎太は嬉々として陰戸を舐め、生娘の体臭ですっかり鼻腔を満たした。

さらに白く丸い尻の真下に潜り込み、搗《つ》きたての餅《もち》のように張りと弾力のある双丘に顔中を密着させ、可憐な薄桃色の蕾に鼻を埋め込んだ。

やはり秘めやかな匂いが籠もり、彼は何度も嗅いで貪りながら、舌先でチロチロとくすぐるように舐め回した。

「ヒッ……！　だ、駄目です、そんなこと……」

もう自分が何をされているかも分からない梢は、ただしゃがみ込みながら声を震わせ、ヌルッと潜り込んだ舌先を肛門できつく締め付けてきた。

五郎太は、ヌルッとした滑らかな内壁を味わい、充分に舌を蠢かせた。そして再び陰戸に舌を戻し、新たな蜜汁を舐め取り、オサネに吸い付いていった。

「も、もう駄目……、アアーッ……！」

梢はとうとうしゃがんでいられず、ギュッと彼の顔に座り込んでしまった。そして咄嗟に両膝を突いて腰を浮かせ、そのままゴロリと横向きになっていった。

入れ替わりに身を起こした五郎太は、彼女を仰向けにさせて股間に割り込み、まだ挿入しないまま屈み込んで、白く柔らかな乳房に顔を埋め込んだ。

乳首も乳輪も、周囲の肌色と紛《まが》うばかりに淡い色合いで、立ち昇る汗の匂いが何とも甘ったるく可愛らしかった。やはりぽっちゃり型なので、汗っかきのようだ。

五郎太は乳首に吸い付き、舌で転がしながらもう片方を優しく揉み、顔中を柔らかな膨らみに押しつけた。

「ああ……」

梢は小さく喘いで反応したが、まだ陰戸や肛門を舐められた衝撃の方が大きいようで、肌の震えが治まっていなかった。

左右の乳首を交互に吸って舌で転がし、彼は梢の腋の下にも顔を埋め込んでいった。

淡い和毛に鼻をこすりつけて嗅ぐと、濃厚に甘ったるい汗の匂いが悩ましく鼻腔を刺激してきた。

そして充分に無垢な体臭を味わってから、ほんのり汗の味のする首筋を舐め上げ、ぷっくりした唇を味わった。感触と弾力を確かめるように押しつけ、舌先で唇を舐め回して歯並びもたどった。

前歯が大粒で滑らかな舌触りがあり、八重歯も愛らしかった。そして口の中に鼻を押しつけると、やはり甘酸っぱい芳香が満ち、唾液と吐息の匂いが悩ましく馥郁と胸に沁み込んでいった。

「ああ、なんていい匂い……」

五郎太は江戸の果実臭を嗅ぎながら言うと、

「い、いや……」

梢は羞じらうように顔を横に向けた。彼も待ちきれなくなり、身を起こして股間を進めていった。そして先端を濡れた陰戸にこすりつけ、位置を定めて挿入した。

張りつめた亀頭がヌルッと潜り込み、あとは潤いに助けられて滑らかに根元まで吸い込まれていった。

「あう……！」

梢が眉をひそめて呻き、ビクッと顔をのけぞらせて硬直した。

五郎太は肉襞の摩擦と、生娘のきつい締め付けに包まれながら股間を密着させ、そろそろと両脚を伸ばして身を重ねていった。

「いま、一つに……？」

梢が朦朧として言いながら、下から両手で彼にしがみついてきた。

「そう、これが情交ですよ。痛みは少し我慢してくださいね」

「平気です……、どうか、ご存分に……」

肌を合わせながら、梢が健気に言ってキュッと締め付けてきた。ようやく、想像していた通りの行為になり、破瓜の痛みとは裏腹に安堵しているようだった。

五郎太も、三人目の生娘を相手にする感慨に耽《ふけ》った。

一人目は朧だから、生娘とはいえ張り型による快楽を熟知していた。二人目は千秋で、畏れ多さが何とも言えない興奮となった。

そして梢は、下級武士の娘で最も健気であり、五郎太を素破と知らず、むしろ彼に対して畏れ多さを感じているのが快感だった。

五郎太は梢の肩に手を回してしっかりと抱きすくめ、様子を探るように小刻みに腰を突き動かしはじめた。

「く……」

梢が顔をしかめて呻いたが、決して拒まず彼の背に回した両手に力を込めた。

汗ばんだ肌が密着し、柔らかな恥毛がこすれ合い、コリコリする恥骨の膨らみまで伝わってきた。

しかし生娘ながら淫水の量が多いので律動は滑らかになり、くちゅくちゅと淫らに湿った音も聞こえてきた。胸の下では乳房が柔らかく押し潰されて弾み、立ち昇る甘ったるい汗の匂いに、湿り気ある甘酸っぱい吐息が混じって、五郎太は梢の悩ましい匂いだけでも急激に高まってきた。

上から唇を重ね、舌をからめて唾液をすすりながら腰の動きを速めてゆき、そのまま彼は絶頂まで突っ走ってしまった。どうせ初回から気を遣ることはないから長く焦らす必要はないし、痛みも短い方が良いだろう。

「い、いく……！」

たちまち突き上がる絶頂の快感に口走り、五郎太は昇り詰めてしまった。

そして熱い大量の精汁を勢いよく内部にほとばしらせると、

「ああ……！」

梢も噴出を感じ取り、彼の絶頂が伝染したように声を上げた。

五郎太は心おきなく出し尽くし、すっかり満足すると徐々に動きを止め、心地よい余韻に浸り込んでいった。

五

「まだ痛むかな。それほど血は出なかったけれど」

湯殿で、五郎太は梢を気遣って言った。まだ異物感は残っているだろうが、出血も懐紙で拭って染み込む程度で、布団まで汚すようなことはなかった。

それよりも梢は、これで孕んだかも知れないという期待と、初めて情交したという充足感の方が大きいようで顔も晴れやかだった。

「ええ、大丈夫です」

梢は健気に言い、まだ全裸を羞じらいながら、彼の股間を丁寧に洗ってくれた。

互いに身体を流すと、湯を弾く梢の肌が何とも艶めかしく、もちろん五郎太はまたムクムクと回復してきてしまった。

そして湯殿となれば、彼は例のものを求めたくなってしまった。

「こうして」

五郎太は簀の子に座ったまま言い、目の前に梢を立たせ、片方の脚を持ち上げて風呂桶のふちに載せさせた。

「アア……、恥ずかしいです……」

座っている彼の目の前で股を開き、梢がモジモジと身をくねらせて言った。

恥毛が湯に濡れ、割れ目も洗われて淫水が流されているが、まだはみ出した陰唇が痛々しくめくれていた。

残念ながら悩ましい体臭は消えてしまったが、舌を這わせると蜜汁のヌメリが微かに感じられ、出血ももう止まっていた。

「あん……」

オサネを舐められて、梢が小さく声を洩らし、彼の肩に摑まってふらつく身体を支えた。

「このまま、ゆばりを出してみて」

五郎太が舌を引っ込めて言うと、梢がビクリと身じろいだ。

「え……？　なぜ、そんな……」

一瞬、何を言われたか分からなかったのだろう。

「例えば、主君が山で遭難して水がなかったら、忠臣がゆばりを飲ませるという故事を聞いたことがあるし、どんなものか味わってみたいから」

五郎太は適当なことを言いながら、彼女が逃げないよう腰を抱え込んだ。

「で、出ません……」

「出さないと駄目。忠義と思って」

文字通り尻込みする梢を押さえ、五郎太は執拗に迫りながら陰戸を舐めた。

そして吸い付くと、梢の下腹がビクリと震えた。

「だって、そんなこと……、殿になるかも知れない方に……」

「大丈夫、二人だけの秘密だから」

何が大丈夫か分からないが、とにかく五郎太は淫欲で夢中になっていた。

やがて梢も、本当に出さないと終わらないと悟ったか、恐る恐る下腹に力を入れ、尿意を高めはじめたようだった。

柔肉が迫《せ》り出すように盛り上がり、舌先にもポツンとした尿口のありかが分かってきた。

そこを集中的に吸うと、梢の息が熱く弾んできた。

「アア……、そんなに吸うと、本当に出てしまいます……」

ようやくする気になり、次第に後戻りできないほど尿意が迫ってきたようだ。

「で、出ちゃう……、ああーッ……！」

やがて梢が声を震わせて喘ぐと同時に、舐めている柔肉の味わいが急変した。まずは熱いほどの温もりが増し、淫水とは違う味わいの流れが満ち、すぐにも彼の口にチョロチョロと流れ込んできたのだ。

五郎太は味わいながら受け入れ、淡く可愛らしい匂いに酔いしれながら飲み込んだ。

ゆるゆると放尿しながら、梢は息も絶えだえになって身を震わせ、可哀相なほど膝を震わせ今にも座り込みそうになっていた。

それを支えながら喉を潤し、五郎太は甘美な興奮に包まれた。可憐な武家娘の匂いが胸に広がり、温もりが胃の腑に沁み込んでいった。

しかし、それほど多く溜まっていなかったようで、間もなく勢いが弱まり、流れが治まってしまった。

五郎太は余りの雫をすすり、温かく濡れた割れ目内部を舐め回した。しかし、すぐにゆばりの味と匂いが新たに溢れた淫水に洗い流され、たちまち柔肉は淡い酸味のヌメリに満ちていった。

そしてオサネに吸い付くと、

「アアーッ……！」

梢は声を上げ、とうとう力尽きてクタクタと座り込んできてしまった。

それを抱き留め、五郎太は荒い息をついている梢の口を舐め回し、舌をからめながら甘酸っぱい息に酔いしれた。

身を起こし、屹立した肉棒を梢の鼻先に突きつけると、彼女もすぐに先端にしゃぶり付いて、熱い鼻息を弾ませながら吸い付いてくれた。

根元まで押し込み、タップリと唾液に濡らしてもらいながら、五郎太は激しく高まっていった。

「どうする？　出してもいい？　また交わるのは痛いだろうから」

言うと、梢はスポンと口を引き離して顔を上げた。

「いいえ、平気です。出来ましたら中へ……」

彼女が答えた。やはり一回でも多く、精汁を体内に受け入れたいのだろう。

「分かった。じゃこうして」

五郎太は起き上がり、彼女も立たせて後ろを向かせた。梢は前屈みになって風呂桶に摑まり、彼の方に尻を突き出してきた。

肉棒に指を添え、後ろから濡れた陰戸に押し当てると、五郎太は感触を味わいながらゆっくり挿入していった。

ヌルヌルッと滑らかに一物が呑み込まれ、心地いい肉襞の摩擦と締め付けが彼自身を包み込んだ。

「あう……！」

梢が、白い背中を反らせて呻き、キュッと締め付けてきた。五郎太は深々と押し込み、下腹部に当たる尻の丸みに高まった。そして彼女の手に覆い被《かぶ》さり、両脇から回した手で乳房を揉み、そろそろと腰を前後に突き動かしはじめた。

何しろ梢は淫水の量が多いので、律動はたちまち滑らかになり、湯殿にクチュクチュと湿った摩擦音が響いた。

「ああ……、気持ちいい……」

五郎太は急激に高まり、股間を梢の弾力ある尻にぶつけるように勢いを付けて動いた。

「アア……、奥まで響きます……、もっと強く……」

梢が、二度目の痛みも忘れたように喘ぎ、彼に合わせるように尻を突き動かしてきた。

五郎太はすぐにも昇り詰め、ありったけの精汁をほとばしらせながら大きな快感に包み込まれた。

「く……！」

突き上がる快感に呻きながら、肌のぶつかる音を響かせ、心おきなく最後の一滴まで出し尽くした。梢の陰戸も、全て飲み干すようにキュッキュッと収縮し、やがて彼が動きを止めると、彼女は風呂桶を伝うように座り込んできた。

五郎太も簀の子に座り、交接したまま彼女を背後から抱き寄せた。そして肩越しに唇を求めると、梢も振り返って舌を伸ばしてくれた。

彼はかぐわしい息を嗅いで生温かな唾液をすすりながら、うっとりと快感の余韻を嚙み締めたのだった……。


――日が傾く頃、中屋敷に豪華な乗り物が到着した。

しかし付き人は最小限で、千秋が屋敷に入ると、桔梗を残して大部分は上屋敷へ引き上げていった。

「五郎太……、ずいぶん会わなかった気がします……」

千秋は、やけに懐かしげな表情で、じっと彼を見つめて囁いた。もちろん桔梗も誰もいない、部屋の前での僅かな逢瀬《おうせ》だった。

「披露目は盛大だったようですね」

五郎太も、もう旅の途中の夫婦のふりではなく、姫君に恭しく頭を下げて言った。

「ええ、堅苦しくて堪《たま》りませんでした」

千秋は言い、やがて桔梗に呼ばれて奥へと去っていった。

これから桔梗によって、藩主の姫君としての教育が始まるのだ。

中屋敷には、他に賄い方の梢。そして何と朧も一緒に中屋敷に寝起きすることとなった。男姿の朧が、護衛を務めるようだった。あとは、通いで女たちが手伝いに来る程度である。

男は五郎太一人であり、すでに全ての女と関係を持っているから、今宵からもまた何かと期待できそうで、早くも胸がときめいてきてしまった。

やがて夕餉になったが、昼間の上屋敷の料理を持ってきていたので、五郎太もかなりのご馳走を相伴にあずかった。

もちろん屋敷内が少人数といっても、姫君と一緒に食事できるわけではない。そのあたりのことは、桔梗も厳しく節度を守っていた。

食事を終えると姫君は湯殿を使った。風呂は、姫が使うと桔梗が背を流して面倒を見ながら一緒に入り、そのあとは朧、五郎太、梢の順番だった。

そして日が落ちると、戸締まりを確認してみな寝ることになった。

明日からは、本格的に姫と五郎太が徹底的に躾けられるのだろう。

五郎太が寝巻姿で布団に横になると、間もなく朧が入ってきた。

「姫様の披露目はいかがでした」

「みな、その美しさに目を見張り、何人もの若い藩士が婿になれぬものかと気を高ぶらせていたようだ。だが、すでに姫様の心は五郎太にしか向いていない」

朧は言い、手早く脱いで一糸まとわぬ姿となっていった。

第五章　美女たちの淫らな饗宴

一

「間もなく、姫様もここへ来る」

「え……？」

二人全裸になって添い寝すると、朧が五郎太に言った。

「大丈夫かな。桔梗様が監視しているけれど」

「朝まで目を覚まさない。桔梗様も梢も」

朧が言う。どうやら邪魔者は眠らせてしまったようだ。そして朧はまた、五郎太と千秋の絆を深めるような淫法をかけるつもりかも知れない。

そして朧が上からピッタリと唇を重ね、五郎太の頰を撫で、胸から股間にも指を這わせてきた。

「ンン……」

朧は熱く甘酸っぱい息を弾ませ、執拗に舌をからめて鼻を鳴らした。そして幹をやんわりと握って動かし、彼自身を最大限に勃起させてくれた。

五郎太も、トロトロと注がれる生温かな唾液で喉を潤し、懐かしい月影谷の野山の匂いのする吐息を嗅ぎながら激しい淫気に包まれていった。

やがて朧は口を離すと、彼の耳朶を嚙み、首筋を舐め下りて乳首に吸い付いてきた。

「アア……、気持ちいい……」

コリコリと歯を立てられ、五郎太は快感に喘いだ。

さらに朧は熱い息で彼の肌をくすぐりながら舐め下り、股間に顔を寄せ、先端にしゃぶり付いてきた。

「く……」

亀頭を含まれ、チュッと強く吸い付かれて五郎太は呻いた。

朧は熱い鼻息で恥毛をそよがせながら、喉の奥まで吞み込んで吸い、指先でふぐりをいじりながらクチュクチュと舌をからめてきた。

五郎太はうっとりと力を抜き、憧れの美女の愛撫に身を委《ゆだ》ねた。

朧は充分にしゃぶるとスポンと口を離し、そのままふぐりにもしゃぶりついて二つの睾丸を舌で転がしてから、彼の脚を持ち上げ、肛門にも舌を這わせてきた。

舌先がチロチロと肛門をくすぐり、やがてヌルッと深く潜り込んできた。

「あう……、朧様……」

五郎太は美女に犯されるような感覚に呻き、肛門でモグモグと朧の舌を味わった。

彼女の舌は長かった。しかも筒状に丸めて唾液を注ぎ込むから、きっと中で射精されるのはこんな感じなのかと思えるほどだった。

五郎太は、全身の穴から朧の清らかな唾液を吸収し、限りない精力が湧いてくるのを覚えた。

朧はようやく舌を引き抜くと、彼に添い寝してきた。

すっかり高まっている五郎太は、甘えるように腕枕してもらい、薄桃色の乳首にチュッと吸い付いた。

「あん……」

朧も相当に淫気を高めているようで、すぐにも声を洩らし、ビクッと肌を震わせて反応してきた。

五郎太はコリコリと硬くなっている乳首を舌で転がし、胸元や腋から漂う甘ったるい汗の匂いに酔いしれた。左右の乳首を交互に含んで吸い、顔中を柔らかな膨らみに押しつけて心ゆくまで感触を味わってから、さらに腋の下にも顔を埋めた。

和毛に鼻をこすりつけ、濃厚に甘ったるい体臭を貪り、そのまま滑らかな肌を舐め下りていった。

脇腹から腹の中央に行き、形良い臍を舐め、腰からムッチリとした太腿へ下り、丸い膝小僧から脛、足の裏まで舌でたどっていった。

足裏を舐め、指の股に鼻を割り込ませ、汗と脂に湿って蒸れた芳香を嗅ぎ、爪先にしゃぶり付いた。全ての指の股にヌルッと舌を割り込ませて味わい、もう片方も味と匂いが薄れるまで貪った。

そして脚の内側を舐め上げ、腹這いになって股間に顔を進めていった。

朧も仰向けのまま僅かに立てた両膝を左右全開にしてくれ、ヒクヒクと下腹を波打たせて待った。

張りのある内腿を舐め上げると、顔中に熱気と湿り気が漂ってきた。

見ると割れ目からはみ出した陰唇は興奮で淡紅色に染まり、間から覗く柔肉もヌメヌメと大量の蜜汁に潤っていた。

五郎太は柔らかな茂みに鼻を埋め込み、こすりつけて隅々に籠もった匂いを嗅いだ。甘ったるい汗の匂いに、ほんのり刺激を含んだ残尿臭が入り交じり、それに朧本来の悩ましい体臭も含まれていた。

舌を這わせると、ヌルリとした生温かな蜜汁が感じられた。五郎太は淡い酸味をすすり、襞の入り組む膣口からオサネまで舐め上げていった。

「アア……、いい気持ち……」

朧は顔をのけぞらせ、内腿で彼の顔を締め付けながら喘いだ。

五郎太は執拗にオサネを舐めては、新たに溢れるヌメリを掬い取った。

そして腰を浮かせ、白く丸い尻に顔を押しつけ、可憐な蕾に鼻を埋め込んだ。秘めやかな微香を貪り、舌先でくすぐるように舐めてから、ヌルッと潜り込ませて滑らかな粘膜も味わった。

「く……」

朧が息を詰めて呻き、キュッキュッと肛門で彼の舌を締め付けてきた。

五郎太は充分に彼女の前も後ろも舐め尽くしてから、再び添い寝していった。

早く入れたいが、やはり彼女には上になってもらいたいのだ。

すると、そっと襖が開き、千秋が入ってきたのである。

「まあ、もう二人で……」

寝巻姿の千秋が驚いて言ったが、朧に嫉妬するようなこともなく、すぐにも自分で脱ぎはじめ、一糸まとわぬ姿になって添い寝してきた。

そして左右から、女二人で五郎太を挟みつけてきた。

「何だか、楽しかった旅の途中のようです」

千秋ははしゃぐように言い、楽しげに息を弾ませていた。眠ってしまった桔梗を起こさぬよう忍び足で来た冒険に、心が浮かれているようだった。

「姫様、私は拝見しているので、五郎太をお好きに」

朧が言うと、千秋も頷いた。

「姫様、どうかこのように」

五郎太は言い、千秋の身体を起こさせ、腹に座らせて足を顔に引き寄せた。

千秋も、全裸のまま彼の下腹に座り込み、立てた両膝に寄りかかって両足を彼の顔に載せてくれた。

「ああ、変な感じ……」

千秋は、五郎太の下腹に陰戸を密着させて言った。

彼は腹と顔に姫君の体重を受け止め、足裏の感触と匂いに勃起し、肉棒で千秋の腰を軽く叩いた。

足裏に舌を這わせ、指の股に鼻を埋めると、朧ほどではないがほんのり蒸れた芳香が感じられた。そして爪先にしゃぶり付き、桜色の爪を嚙み、全ての指の股に舌を割り込ませて味わった。

「アア……、くすぐったい……」

千秋は喘ぎながら腰をくねらせ、密着した陰戸がすぐにも濡れてきたのを五郎太は感じ取っていた。

やがて両足とも舐め尽くすと、彼は千秋の手を握って引き寄せ、顔に跨らせた。

千秋も素直にしゃがみ込み、五郎太の鼻先に濡れた陰戸を迫らせてきた。

ぷっくりした割れ目からは桃色の花びらがはみ出し、僅かに開いて息づく膣口が覗いていた。内部はどこもヌメヌメと大量の蜜汁にまみれ、オサネも愛撫を待つように光沢を放って突き立っていた。

舌を這わせると、すぐにもヌラヌラと蜜汁が滴り、彼の口に流れ込んできた。

「あん……、いい気持ち……」

オサネを舐められた千秋が声を震わせて喘ぎ、思わずギュッと彼の顔に座り込んできた。

鼻を塞《ふさ》ぐ若草には、汗とゆばりの匂いが程よく入り交じって籠もり、五郎太は姫君の味と匂いを激しく貪った。

さらに尻の真下にも潜り込み、顔中をひんやりした双丘に密着させ、薄桃色の肛門に籠もる微香を嗅いだ。そして舌を這わせ、充分に濡らしてから潜り込ませ、ヌルッとした粘膜を味わった。

「あう……」

千秋はキュッと肛門を引き締めて呻き、彼の鼻先に新たな淫水を漏らしてきた。

前と後ろを充分に舐めていると、もう千秋も我慢できないように息を弾ませ、腰をくねらせて身悶えた。

すると先に、身を起こした朧が彼の股間に跨り、ヌルヌルッと一気に交接してきたのだ。

「アアッ……、いいわ……」

朧が完全に受け入れ、キュッと締め付けながら股間をこすりつけてきた。

五郎太も肉襞の摩擦と締め付けに高まったが、何しろ千秋が控えているので暴発だけは必死に堪えた。

「あん、ずるいわ、朧……」

千秋が振り返って言うと、

「お待ちを……、すぐ済みますので……、ああーッ……！」

朧は答えながらズンズンと股間を上下させ、たちまち高まっていった。

「い、いく……、気持ちいいッ……！」

あっという間に朧が口走り、ガクガクと狂おしい痙攣を開始した。

そして徐々に硬直を解きながら千秋の背にもたれかかり、グッタリとなりながら荒い呼吸を整えた。

五郎太も、辛うじて漏らさずに済み、息を詰めて朧の激情が過ぎ去るのを待った。

ようやく朧が力尽きたように股間を引き離し、再びゴロリと横になった。

彼が押しやると、千秋は自分から移動し、朧の蜜汁にまみれた一物に跨り、先端を陰戸に受け入れて腰を沈み込ませてきた。

二

「ああッ……、いい気持ち……」

千秋が、すっかり挿入快感に目覚めて喘ぎながら、完全に根元まで受け入れた。

五郎太も股間に姫君の重みと温もりを受け、キュッと濡れた膣内に締め付けられながら快感を嚙み締めた。

彼女もすぐに身を重ねてきたので、五郎太は顔を上げて左右の乳首を舐め、柔らかな膨らみに顔を埋めながら甘ったるい体臭を嗅いだ。さらに腋の下にも鼻を押しつけ、和毛に籠もる汗の匂いを貪り、少しずつ股間を突き上げた。

「アア……、もっと……」

千秋が突き上げに合わせて腰を使いはじめ、ヌラヌラと大量の蜜汁を漏らして律動を滑らかにさせた。

五郎太も、朧のときにすっかり下地が出来上がっているから、いくらも我慢できずに高まってしまった。そして絶頂を目指しながら姫の首筋を舐め、甘酸っぱい果実臭の口に鼻を押しつけた。

千秋も可憐な舌を伸ばし、チロチロと彼の鼻の穴を舐めてくれた。

五郎太は内部で幹を震わせながら、姫君の熱く湿り気ある唾液と吐息の匂いで鼻腔を満たし、突き上げを速めていった。

そして舌をからめ、滑らかな感触と生温かな唾液をすすると、隣から朧も顔を割り込ませ、一緒に舌を蠢かせてきたのだ。

「ああ……、どうか、唾をもっと……」

五郎太が興奮しながら囁くと、朧がトロトロと唾液を滴らせてくれた。すると千秋も真似をして、彼の口の中は二人分の清らかな唾液で満たされた。

彼は、小泡の多いネットトリとした唾液を味わい、混じり合ったそれを飲み込み、うっとりと喉を潤した。

しかも二人分の甘酸っぱい吐息を好きなだけ嗅いで、芳香で肺腑を満たすと、たちまち贅沢な悦びに彼は絶頂に達してしまった。

「く……！」

五郎太は突き上がる快感に呻き、姫君の柔肉の奥をズンズンと突きまくりながら、ありったけの熱い精汁をほとばしらせてしまった。

「アアッ……、熱いわ。気持ちいいッ……！」

噴出を感じ、子壺の入り口を直撃された千秋が声を上ずらせて喘いだ。そしてがくんがくんと狂おしい痙攣を起こし、激しく気を遣ってしまった。

膣内の収縮も高まり、五郎太は心おきなく内部に絞り尽くし、すっかり満足して徐々に動きを弱めていった。

やがて力を抜くと、千秋も精根尽き果てた様子でもたれかかり、失神したようにグッタリとなってしまった。

五郎太も完全に動きを止め、まだ断続的に続いている膣内の収縮にピクンと幹を反応させて呼吸を整え、また二人分の吐息で鼻腔を満たしながら余韻を味わった。

千秋はしばし荒い呼吸を繰り返し、ようやくノロノロと股間を引き離して朧とは反対側に横になった。

「ああ……、溶けてしまうかと思いました……、こんなに良いものだなんて……」

千秋が言い、やがて我に返ると朧が促し、三人で全裸のまま湯殿へと移動した。

どうせ桔梗も梢も朝まで目を覚まさないのだ。三人は湯殿に入り、風呂桶に残ったぬるま湯で汗と体液を洗い流した。

「姫様、どうかゆばりを出してくださいませ」

と、朧が言い、目の前に千秋を立たせて股に顔を寄せた。五郎太も、また淫気を催し、朧と頬をくっつけるようにして姫君の陰戸に迫った。

「いいの？　顔にかかっても……。アア……、出る……」

千秋は、いくらもためらわず尿意を高め、囁きながら力を抜いていった。元より羞恥心は少ない上、朧の術中に陥っているせいもあるだろう。

間もなく千秋の陰戸から、チョロチョロと水流が放たれてきた。

それを朧は舌に受けて一口だけ味わうと顔を離し、五郎太が残りを口に受け止めて味わった。温かく、味も匂いも淡く上品なそれで喉を潤し、たちまち五郎太はムクムクと回復してしまった。しかし朧は淫らな意図でそうしたのではなかった。

「やはり、すでに姫様は孕んでおります」

朧が言った。ゆばりの味で、それが分かるのだろう。

「私が、孕んだ……？」

「ええ、間違いなく五郎太の子です」

千秋が言うと、朧も頷いて答えた。

「そう、ではもう五郎太が婿になることで決まりですね。嬉しい……」

「はい、でもまだ殿には黙っていてくださいませ」

朧は言い、放尿を終えた千秋の陰戸を舐め回していた五郎太も、この姫君の体内に自分の胤《たね》が宿っていることを確信した。朧が言うのだから、もう千秋の懐妊も間違いないことだろう。

「なぜ」

「まだ正式にお許しが出たわけではないので、言うには機が必要です。でないと五郎太が放逐される恐れがありますので」

「そう、分かりました」

「とにかく、お身体には充分お気をつけくださいませ。では今宵は休みましょう」

朧は言い、もう一度千秋の身体を洗い流した。

「あ、あの、もう一回何とか……」

五郎太は、すっかり回復してしまった一物を持て余して言った。

むろん千秋が寝てから、朧にしてもらえば良いのだが、何と千秋がしゃがみ込み、その先端を含んでしまった。

「アア……」

五郎太は風呂桶に腰を下ろし、千秋にしゃぶられながら喘いだ。

朧も、仕方ないと嘆息しながら千秋に頬を寄せ、一緒になって舌を這わせてくれた。

「ああ……、気持ちいい……」

五郎太は、二人分の熱い息を股間に籠もらせ、それぞれの舌の蠢きを感じて唾液にまみれながら喘いだ。

たちまち彼は高まり、二人の口に交互にスポスポと呑み込まれ、吸引と舌戯に翻弄されて昇り詰めてしまった。大きな快感に貫かれ、勢いよく精汁を噴出させると、千秋が吸い付いて口に受け止めてくれた。

「あう……」

強く吸われ、五郎太は射精しながら呻き、うっとりと快感を嚙み締めた。

千秋は上気した頬をすぼめて無邪気に吸ってくれ、熱い鼻息で恥毛をくすぐった。朧も潜り込むようにしてふぐりを舐めてくれ、彼は心ゆくまで出し尽くした。

千秋は亀頭を含んだまま、口に溜まったものを飲み込んでくれた。

ゴクリと喉を鳴らして嚥下させるたび、口腔が締まって駄目押しの快感が得られた。

やがて飲み干すと、千秋はそっと口を離し、朧と一緒に濡れた鈴口を舐め回した。

「アア……、もう……」

すっかり満足した五郎太は、過敏に反応しながら腰を引き、やがて湯殿に籠もった二人の匂いに包まれながら余韻に浸ったのだった。

三

「なるほど、月影谷での教えは相当に徹底していたようで、感服しました」

桔梗が、千秋の素養に舌を巻いて言った。前に五郎太にしたように、四書五経から世の中の仕組みなどの質問をしたのである。

確かに五郎太同様、谷では千秋もひたすら学問を叩き込まれた。

それは、世の中を変えようとか、大それた域にまで達する知識ではなく、姫君として相応しい程度の教養と道徳、書や茶の作法を身に付けたのだった。

「これなら、もう私が教えることはありません。少し江戸を回って見物なさるとよろしいでしょう」

桔梗が言うと、千秋は喜び、すぐに着替えて出て行った。付き添いは朧と梢である。もっとも近所の通りを歩き、神社にお詣《まい》りし、少し買い物をする程度であろう。

桔梗と二人きりになった五郎太は、たちまち淫気を催してしまった。

「ねえ、また交わりの仕方を教わりたいのですが」

五郎太は、甘えるように桔梗ににじり寄り、そのましがみついた。

「な、何を無体な……、もう先日お教えしたはずです……」

桔梗は拒むように言いながらも、二人きりになったときからそれとなく覚悟はしていたようで、激しい突っぱね方はしなかった。

「だって、ほら、もうこんなになってしまいました」

五郎太は着流しの裾をめくって手早く下帯を解き、ピンピンに屹立した一物を見せつけた。

「まあ！　なんとはしたない……」

桔梗は目を丸くしながらも、白い頬をほんのり桃色に染めた。

五郎太は、すぐに床を敷き延べ、帯を解いて着物も脱いだ。

「さあ、桔梗様も早く」

「嫌でございます。そのようなことをするため、ここに勤めているのではありません」

「でも、桔梗様だって陰戸を舐められたら気持ち良いでしょう。姫様にするわけにいきませんからね」

五郎太は彼女の手を握り、布団の方へ引っ張っていった。

すると、桔梗はいきなり彼を仰向けに押し倒し、押さえつけながら近々と顔を寄せて睨み付けてきた。

「いい気になるな、素破ずれ」

「わあ、もっと言ってください。桔梗様は怒ったときが一番美しいです」

熱い息吹《いぶき》を感じながら、五郎太は激しく興奮し、うっとりと言った。

桔梗は立ち上がり、いきなり手早く帯を解いて、着物を脱ぎはじめた。

彼女も相当に淫気が高まり、五郎太のために快楽を呼び起こされ、我慢できなくなっているらしい。

たちまち腰巻きまで脱ぎ去り、一糸まとわぬ姿になった桔梗が向き直った。

「さあ、どのようにされたいのです。何でも仰い」

「ええ、顔に足を載せてください……」

「痴れ者……、気分が悪くなります……」

桔梗は顔をしかめながらも、彼の顔の横に立ち、そろそろと片方の足を浮かせた。そして壁に手を突いて身体を支えながら、そっと足裏を彼の顔に載せてきた。

五郎太は美女の汗ばんだ足裏を鼻と口に受け、うっとりと舌を這わせた。

「アア……」

桔梗はすぐに喘ぎ、ガクガクと膝を震わせた。

彼は踵から土踏まずまで舐め上げ、縮こまった指の股に鼻を割り込ませた。そこは今日も汗と脂に生温かく湿り、蒸れた芳香を籠もらせていた。

何度も鼻を押しつけて嗅ぎ、爪先をしゃぶり、指の股に順々にヌルリと舌を割り込ませて味わった。

「く……！」

桔梗は、苦行に耐えるように奥歯を嚙みしめて呻き、じっとされるままになっていた。

五郎太は足を交替させ、そちらも新鮮な味と匂いを貪り、やがて顔に跨らせ、手を引いてしゃがみ込ませた。

「ああッ……、このようなこと……、もし、五郎太殿が本当に姫様の婿になったら、私は喉を突きます……」

完全に厠にしゃがむ格好になりながら、桔梗が声を震わせて言った。

「そんなこと、私がさせませんてば。側室になって孕めば、死ぬわけにいかないでしょう」

五郎太は言い、鼻先に迫る陰戸を見上げた。

割れ目からはみ出す陰唇は、興奮で淡紅色に染まっていた。すでに内から溢れる淫蜜が今にもツツーッと滴りそうなほど雫を膨らませ、悩ましい匂いを含んだ熱気と湿り気が彼の顔中を包み込んだ。

オサネも包皮を押し上げるようにツンと勃起し、ツヤツヤと綺麗な光沢を放っている。

「お舐め、と言って座り込んでください」

真下から言うと、桔梗はビクッと身じろいだ。そして自棄になったようにギュッと座り込み、

「お舐め……！　アアッ……！」

と喘ぎながら口走り、グイグイと陰戸を彼の口に押しつけてきた。

五郎太は柔らかな茂みをシャリシャリと鼻にこすりつけられ、汗とゆばりの匂いに噎せ返りながら懸命に舌を這わせた。

淡い酸味を含んだ蜜汁が、堰《せき》を切ったようにトロトロと五郎太の口に流れ込んだ。彼は嬉々として飲み込みながら膣口を掻き回し、オサネまで舐め上げた。

「あう……、き、気持ちいい……！」

桔梗が顔をのけぞらせて喘ぎ、豊かな乳房を艶めかしく揺すって悶えた。

五郎太は美女の味と匂いを貪り、波打つ熟れ肌を見上げて激しく勃起した。

緊張と興奮で、桔梗の匂いは以前より濃く、実に艶めかしかった。

さらに彼は例により、白く豊満な尻の真下へと潜り込み、顔中に双丘の丸みを受け止めながら谷間の蕾に鼻を埋め込んだ。今日も秘めやかな微香が籠もり、舌を這わせると細かな蕾の収縮が伝わってきた。

内部にもヌルッと潜り込ませると、

「ああッ……！」

桔梗は喘ぎ、キュッと肛門で彼の舌先を締め付けてきた。

鼻先に密着した陰戸からは、さらに白っぽく濁った淫水がヌラヌラと溢れ、彼の顔中にかかった。

やがて前も後ろも存分に舐め尽くすと、桔梗は上体を起こしていられずに突っ伏してしまった。五郎太は股間から這い出し、あらためて彼女を横たえて添い寝し、腕枕してもらって、豊かな乳房に顔を埋め込んでいった。

色づいた乳首を含み、軽くコリコリと歯で刺激しながら吸い、顔中を柔らかな膨らみに押しつけて感触と体臭を味わった。今日も彼女の汗ばんだ胸元や腋からは、何とも甘ったるい芳香が漂っていた。

やがて両の乳首も充分に味わうと、彼は桔梗を上に押し上げていった。

「ね、今度は桔梗様がして……」

息も絶え絶えの桔梗は、ノロノロと上になり、彼の肌に舌を這わせてきた。もう淫気に朦朧となり、何でも言いなりになりそうだった。

「噛んで……」

乳首を舐められながら五郎太が言うと、桔梗は熱い息で肌をくすぐり、綺麗な歯を当てて甘美な刺激を与えてくれた。

左右の乳首を舌と歯で愛撫した桔梗はそのまま腹を舐め下り、彼を大股開きにして股間に陣取ってきた。そして熱い息を籠もらせ、先にふぐりにしゃぶり付いた。袋全体を充分に温かな唾液にまみれさせると、舌先でツツーッと肉棒の裏側を舐め上げ、先端に達して粘液の滲む鈴口を舐め回してくれた。

「ああ……、いい気持ち……」

さらにスッポリと含まれると、五郎太はうっとりと喘ぎ、美女の口の中で唾液にまみれた一物をヒクヒクと上下に震わせた。

桔梗も夢中になって喉の奥まで呑み込み、クチュクチュと舌をからめながら、頰をすぼめて何度も吸い付いてくれた。

「上から入れて……」

やがて充分に高まると、五郎太は彼女の身体を引き上げ、茶臼（女上位）で交わらせた。

桔梗も自らの唾液にまみれた先端を、淫水に濡れた膣口に押し当て、息を詰めてゆっくりと腰を沈み込ませてきた。

「アアッ……！」

ヌルヌルッと根元まで受け入れると、桔梗が完全に座り込み、密着した股間をグリグリと動かしながら喘いだ。

五郎太も、キュッキュッと味わうような締め付けと温もりに包まれ、桔梗を抱き寄せた。

彼女も熟れ肌を重ね、上から激しく彼の唇を求めてきた。

柔らかな唇の感触が密着し、熱く甘い息が鼻腔を心地よく刺激した。ヌルッと長い舌が潜り込み、五郎太が吸い付くと、生温かくトロリとした唾液が注がれ、彼はうっとりと喉を潤した。

充分に舌をからめてから桔梗は口を離し、近々と彼を見下ろした。

「顔中が、私のお汁でヌルヌルです……」

「ええ、桔梗様がお舐めと言って陰戸をこすりつけるものだから」

「アアッ……、言わないで……、そなたの言うとおりにしただけ……」

桔梗は激しい羞恥に喘ぎ、きつく肉棒を締め上げてきた。

新たな淫水もトロトロと溢れ、五郎太が股間を突き上げると、桔梗も合わせて腰を使いはじめた。

そして彼が桔梗の口に鼻を押しつけると、彼女も舌を伸ばして鼻の頭や穴を舐め回してくれた。湿り気ある花粉臭の口の匂いが悩ましく鼻腔を刺激し、淫水の上からさらに新鮮な唾液が顔中を濡らした。

「いい匂い……」

「そんな、犬のように匂いばかり嗅ぐのは、はしたないことです……」

五郎太の呟きに羞じらいながら、桔梗も彼が喜ぶので好きなだけかぐわしい息を嗅がせてくれた。吐息と唾液の刺激を受けるたび、彼女の内部で一物が跳ね上がるのが分かるのだろう。

「アア……、も、もう駄目……」

桔梗も激しく腰を使い、たちまち膣内を収縮させて気を遣ってしまった。

「ああーッ……、気持ちいい、死ぬ……！」

がくんがくんと狂おしい痙攣を開始すると、その勢いに巻き込まれるように、続いて五郎太も絶頂の快感に全身を貫かれてしまった。

勢いよく内部に精汁をほとばしらせると、

「あうう……、熱い……、もっと……！」

深い部分に直撃を受け、桔梗は駄目押しの快感に悶えながら口走り、五郎太の上で乱れに乱れた。

やがて彼は最後の一滴まで出し尽くし、徐々に動きを弱めていった。

「アア……、良かった……、もう、私は人が変わったようです……」

桔梗は声を上ずらせ、譫言のように呟きながら熟れ肌の硬直を解いてゆき、ぐったりと彼に体重を預けてきた。

五郎太も彼女の重みと温もりを受け止め、美女の悩ましい息を嗅ぎながら、うっとりと快楽の余韻を嚙み締めたのだった。

四

「今日はどこへ行ったのです」

夕餉を終えると、五郎太は朧に訊いた。

「境内で居合抜きの見せ物や、色々な物売りの芸を見て回った」

朧が言った。千秋もずいぶん楽しんだようだった。

千秋も疲れたようで、今夜は早寝したらしい。桔梗も、昼間の濃厚な情事の疲れからか、寝所へ引っ込んでしまった。

「殿が、近々鷹《たか》狩《が》りに行くようだ」

朧は千秋の物見遊山に付き合ったようでいて、上屋敷の動静も抜かりなく調べていた。

「へえ、そうですか」

「姫様の婿に、我と思わん連中が参加し、殿の覚えをよくしたいらしい。むろんお前も行くことになっている」

「億劫《おっくう》ですね。別に、野試合をさせられるわけでもないでしょう。相手に殺気がない以上、私は木偶《でく》と同じですから」

五郎太にとっては、面倒な外出をするよりも、ここ中屋敷で女体三昧《ざんまい》の日々を送っている方が気楽なのだった。

「まあ、さすがに試合はないだろうが、遅れずに従う屈強なものが殿の目に留まるだろう。最後は、そのものとお前が試合をさせられるかも知れない」

「いやだなあ。鷹狩りなんて面白くないし、歩いても疲れるだけです」

「確かに、お前は谷ではうつけだった。しかし、それでも生まれたときから[illegible]ているのだから、江戸生まれの細腕侍など何ほどのことはあるまい」

「そうでしょうか。どっちにしろ面倒です。それより、朧様……」

五郎太は淫気を催し、寝巻姿でにじり寄ったが、朧は拒んだ。

「今宵は、梢の方が良い。また快楽を得たがっている」

朧にそう言われると、五郎太もすぐに気持ちを切り替えた。

「姫様のみならず、桔梗様や梢も孕ませるといい。姫の子だけでは心許ないし、どんどん藩の中に月影谷の子を増やしてほしい」

朧は、藩内に月影谷の血筋を混じらせることに夢中だった。

「分かりました。じゃとにかく梢の部屋に行きますね」

五郎太は言い、部屋を出てそっと梢の部屋へと向かった。もう桔梗も千秋も眠り込んでいるようだ。

そっと襖を開けると、まだ行燈《あんどん》の灯が点《つ》き、寝巻姿の梢が布団に座っていた。

「まあ……」

入ってきた五郎太を見て、梢が顔を輝かせた。

「いま、お伺いして良いものかどうか迷っていたところなのです……」

「そう、私も梢を抱きたくて、来てしまった」

五郎太は言い、先に帯を解いて寝巻と下帯を脱ぎ去ってから、布団に座って梢ににじり寄った。

「こうして……」

五郎太は言い、寝巻姿のままの梢を四つん這いにさせ、尻を高く突き出させて裾をめくり上げた。

「あん……、恥ずかしいです……」

梢は顔を伏せたまま、白く丸い尻を露出させてクネクネと悶えながら言った。

五郎太は真後ろから美少女の尻を覗き込み、その柔らかな双丘に顔を押しつけた。

谷間にひっそり閉じられた薄桃色の蕾に鼻を埋め込むと、顔中に尻の丸みがひんやりと密着して心地よく、秘めやかに籠もった微香も悩ましく胸に染み込んできた。

「ああ、可愛い匂い……」

「やん……、駄目です、そんな……」

梢が激しい羞恥に尻をくねらせ、蕾を収縮させた。

五郎太は執拗に鼻を押しつけて美少女の恥ずかしい匂いを嗅ぎ、やがて舌先でチロチロとくすぐるように舐め回した。

「あうう……」

梢は顔を伏せたまま呻き声をくぐもらせ、ヒクヒクと蕾を震わせた。

しかし真下に覗く陰戸からは、大量の蜜汁が溢れ出し、早くもむっちりとした内腿にまで伝い流れているではないか。

充分に濡らしてから、五郎太はヌルッと舌を押し込み、双丘に顔をぶつけるように出し入れさせて内壁を味わった。

「アア……、もう、堪忍してください……」

刺激された梢はもう尻を突き出していられなくなり、そのまま横倒しになってしまった。

五郎太もいったん顔を上げ、あらためて彼女を仰向けにさせ、その股間に潜り込んでいった。そして唾液をつけた左手の人差し指を、そっと美少女の肛門に押し当て、浅く潜り込ませた。

「く……」

「痛いかい？」

「いいえ……、そっとなら、平気です……」

梢は健気に答え、彼の指を肛門でモグモグと締め付けてきた。

五郎太は彼女の蕾を刺激しながら陰戸に舌を這わせ、淡い酸味のヌメリをすすり、柔らかな若草に籠もった汗とゆばりの匂いを貪った。そして息づく膣口からオサネまで舐め上げると、

「ああーッ……」

彼女がビクッと顔をのけぞらせて喘いだ。

彼はオサネに吸い付きながら、右手の人差し指も熱く濡れた膣口に押し込み、小刻みにクチュクチュと内壁を擦った。

「ああ……、何だか、変な感じ……」

前後の穴を指でいじられながら、オサネも舐められている梢は、息を震わせて言った。

五郎太も、両手を縮めているので痺《しび》れてきたが、それぞれの穴で指を出し入れさせるように蠢かせ、突き立って色づいたオサネを舐め回し続けた。

「き、気持ちいい……、五郎太様、何だか身体が宙に……、アアーッ……!」

梢が声を上ずらせ、ガクガクと全身を跳ね上げた。どうやら指と舌で、最も感じる三カ所を愛撫され、気を遣ってしまったようだ。

同時に生温かな淫水が射精するようにピュッピュッと大量に噴出し、彼の口を濡らした。

最初は粗相したのかと思ったが、無味無臭の液体で、どうやら潮を噴くように淫水がほとば

しったようだ。

「ああ……」

たちまち彼女は力が抜けたように、声を洩らしてグッタリとなってしまった。

五郎太も梢の前後の穴から指を引き抜き、舌を引っ込めて股間から這い出した。

膣内に入っていた指は白っぽく攪拌《かくはん》された淫水にまみれ、指の腹は湯上がりのようにふやけてシワになっていた。肛門に入っていた指に汚れの付着はなく、爪に曇りもないがほのかな香りがついた。

梢は失神してしまったように目を閉じ、ただ荒い呼吸を繰り返し、たまにビクッと肌を波打たせていた。

五郎太は、あらためて梢の乱れた寝巻を引き脱がせて全裸にさせ、正体を失くした彼女の足の裏を舐め、指の股の蒸れた芳香を嗅ぎ、両足とも全ての指の間に舌を割り込ませて味わった。

そして健康的にニョッキリ伸びた脚を舐め上げ、張り詰めた下腹から臍に舌を潜り込ませ、肌をたどって桜色の乳首に吸い付いた。

「う……、んん……」

梢が、微かにピクッと反応して呻いた。

五郎太はコリコリと硬くなった乳首を舌で転がし、左右とも賞味してから腋の下に潜り込み、和毛に籠もった甘ったるい汗の匂いに噎せ返った。

添い寝すると、徐々に彼女も呼吸を整え、正体を取り戻しはじめた。

「大丈夫かい？」

「ええ……、何が起きたか分からないぐらい、気持ちよかったです……」

囁くと、梢が力無く答えた。

「今度は、梢がして」

「はい……」

言うと、彼女はノロノロと身を起こし、屹立した彼の肉棒をやんわりと握り、先端に舌を這わせてきてくれた。

滑らかな舌がチロチロと鈴口を舐め、熱い息が心地よく股間に籠もった。さらに小さな口で精一杯頬張ると、亀頭が清らかな唾液に温かくまみれ、美少女の口の中で肉棒がヒクヒクと快感に震えた。

梢は懸命に頬をすぼめて吸ってくれた。たまに否応なく歯が当たるのも新鮮だった。

やがて充分に高まった五郎太は、梢の口を離し、そのまま身体を引き上げて跨がせた。

「さあ、入れてみて」

「私が上ですか……」

「ああ、下から可愛い顔を見ていたいから」

五郎太は彼女の陰戸に先端を押しつけた。梢も注意深く位置を定めると、息を詰めてゆっくりと座り込んできた。唾液に潤う亀頭が、新たな淫水にまみれた膣口にヌルヌルッと滑らかに潜り込んでいった。

「あう……！」

梢が眉をひそめて呻き、それでも根元まで深々と受け入れ、股間を密着させて身体を重ねてきた。

「痛いかい？」

「いいえ……、前の時より、ずっと平気です……」

五郎太が下から抱き留めながら囁くと、梢も自身の感覚を探るように小さく答えた。

熱く濡れた膣内は、動かなくてもキュッキュッと息づくような収縮が繰り返され、奥からはドクドクと若々しい躍動まで先端に伝わってきた。

五郎太は下から彼女の顔を抱き寄せ、ぷっくりした可愛い唇を舐め回し、歯並びを舌先でたどった。すると彼女も舌を触れ合わせ、ヌラヌラと蠢かせてくれた。

梢の舌を伝い、生温かな唾液が彼の口に注がれてきた。

「ああ、美味しい。もっと出して……」

「そんな、汚いです……」

梢は羞恥にキュッと肉棒を締め付けながら答えたが、それでも彼が再三せがむと、トロトロと吐き出してくれた。

五郎太はうっとりと味わい、飲み込んで喉を潤した。

さらに美少女の口の中に舌を差し入れ、奥歯までそっと触れてみた。健康的な白い歯が、隙間なくきっしりと奥まで並んでいた。柔らかな舌に触れると、口を開いて下向きのため唾液が糸を引いて彼の顔にツツーッと糸を引いて滴ってきた。

五

「あ……、ご無礼を……」

「いいよ、もっと垂らして」

「でも……」

また梢はためらったが、五郎太がせがむので、とうとう彼の鼻筋にタラリと吐き出してくれた。生温かな粘液が頬の丸みをヌラヌラと伝い、甘酸っぱい果実臭が悩ましく鼻腔を刺激してきた。

「ああ、いい気持ち……、本当に梢は可愛い。それに、とっても良い匂いがする……」

顔中美少女の唾液にまみれた五郎太は、可愛らしい口の匂いで鼻腔を満たしながら、小刻みに股間を突き上げはじめた。

「アアッ……！」

梢が目を閉じ、熱く喘いだ。

「大丈夫？」

「ええ、もっと突いても平気です……」

梢が自分からも腰を動かしはじめた。次の藩主になるかも知れない五郎太の子種が欲しくて、容易に痛みを乗り越えてしまったのかも知れない。

新たな淫水が溢れた。先ほどの潮吹きほどではないにしろ、律動を滑らかにさせるには充分だった。動くたびにピチャクチャと淫らに湿った摩擦音が響き、滴った分が彼のふぐりから内腿まで濡らしてきた。

「ああ……、気持ちいい……」

五郎太は快感に喘ぎ、じわじわと高まってきた。

そして彼女が痛がらないのなら、この際だから他の体位も試してみたくなった。

「待って、上になりたい……」

五郎太は言って動きを止めると、梢もそろそろと股間を引き離した。そして彼が起きると、入れ替わりに横になった。

「また四つん這いになってみて」

梢は羞じらいながら彼に背を向け、また尻を高く突き出してきた。

五郎太は膝を突いて股間を進め、後ろから彼女の濡れた陰戸に迫った。肛門の少し下に先端をあてがい、ゆっくり押し込むと、

「あう……！」

梢が白い背中を反らせ、顔を伏せたまま呻いた。

五郎太は根元まで押し込むと、尻の丸みが下腹部に当たって弾んだ。確かに、向きが違うと内壁の感触も異なって感じられた。そして何よりも、股間に密着する尻が心地よかった。

これは後ろ取り（後背位）の醍醐味《だいごみ》なのだろう。

彼は梢の背に覆い被さり、両脇から回した手で乳房を摑んで優しく揉み、腰を前後させはじめた。

「アア……！」

梢も声を洩らし、尻をくねらせて応えた。

五郎太も動きを速め、美少女の髪に鼻を埋めて嗅いだ。香油に混じって、まだ乳臭い匂いが籠もっていた。

しかし、尻の感触は良いが、何しろ顔が見えず、好きな唾液と吐息がもらえない。五郎太はやがて動きを止めて身を起こした。

一物を引き抜き、覗き込んで確認したが陰戸は出血もなく、大量の淫蜜にまみれていた。

「では、今度は横向きに」

五郎太が言うと、梢は息を弾ませながら横になった。

彼は梢の下になった脚を跨ぎ、上の脚に両手でしがみつきながら股を交差させて挿入していった。

これは互いの内腿も触れ合い、密着感が増した。それに喘ぐ表情も良く見えた。

五郎太は何度か腰を突き動かして摩擦し、やがていよいよ高まると、また動きを止め、繋がったまま体位を変えていった。

梢をゆっくりと仰向けにさせ、ヌメリに引き抜かれないよう股間を押しつけながら脚を乗り越え、何とか本手（正常位）まで持っていった。

両手を突っ張り、背を反らせながら律動し、やがて彼は身を重ねていった。

梢の肩に腕を回すと、彼女も下から両手で激しくしがみついてきた。

五郎太は腰を突き動かしながら、心地よい摩擦に高まり、胸で柔らかな乳房を押し潰しながら律動を速めていった。下腹部には、コリコリする股間の骨の膨らみも感じられ、梢も熱い息を弾ませ、何度かビクッと顔をのけぞらせた。

上になると、腰の動きが自由に加減出来た。果てそうになると弱め、また呼吸を整えて動くことが出来るのだ。もう梢が痛みを訴えないなら、延々と楽しむことも出来そうだった。

彼は上から唇を重ねて舌をからめ、さらに口に鼻を押しつけ、甘酸っぱい美少女の息を嗅ぎながら、とうとう限界に達してしまった。

もう我慢することもなく、一気に絶頂まで突っ走り、美少女の匂いの中で大きな快感に包み込まれた。

「いく……!」

昇り詰めながら短く口走り、五郎太はドクドクとありったけの精汁を勢いよく梢の柔肉の奥にほとばしらせた。中に満ちる大量の精汁に、さらに動きがヌラヌラと滑らかになっていった。

「アア……、熱いわ……」

脈打つような噴出を感じ取ると梢が喘ぎ、彼の背に回した両手に力を入れて自らもズンズンと股間を突き上げてきた。

まだ気を遣るには到らないが、何となく彼が最高の気分になったことが伝わったのだろう。それを自分の悦びとするように、彼女もクネクネと狂おしく身悶え、柔肌を震わせて喘ぎ続けた。

五郎太は股間をぶつけるように突き動かし、何とも心地よい肉襞の摩擦の中で、心おきなく最後の一滴まで出し尽くした。

「ああ……、良かった、すごく……」

すっかり満足した五郎太は、吐息混じりに言いながら、ゆっくりと律動を弱めて彼女にもたれかかっていった。まだ膣内は飲み込むような収縮が続き、刺激されるたびに射精直後の亀頭が内部でピクンと跳ね上がった。

「あう……、まだ暴れています……」

梢も感じながら呟き、悪戯っ子をたしなめるようにキュッときつく締め上げてきた。

五郎太は喘ぐ美少女の口に鼻を潜り込ませ、悩ましい果実臭を嗅ぎながら、溶けてしまいそうな快感の余韻に浸り込んでいった……。

――やがて二人は、足音を忍ばせてそろそろと全裸のまま湯殿へと入った。

もっとも桔梗と千秋はぐっすり眠っているから、気づいているとしたら朧だけだ。

五郎太は梢の身体を流してやり、股間も念入りに洗ってやった。

あれだけ激しく動いても、もう出血はない。刻々とこの美少女も大人に近づいているようだった。

彼も全身を洗い、また例によって湯殿ならではの、いけない欲望を湧き起こしてしまった。

「さあ、跨いで」

「あん……、何を……」

五郎太は簀の子に仰向けになると、梢の手を引いて顔に跨がせ、しゃがみ込ませた。

「ゆばりを出して」

「どうか、それだけはご勘弁を……」

梢は身を縮め、声を震わせて言った。

もちろん五郎太は、いったん求めたら気が済むまで終わらない。谷にいた頃も女体への渇望は絶大で、女は崇拝の対象であった。その匂いは天女のものであり、肉体から出たものは極上の悦びを与えるものだったのだ。

それが、こうして江戸に来て、憧れの朧のみならず、主家の姫君や武家女、そして清らかな美少女とも縁が持てた。そして現実に女体を知っても、その憧れの気持ちは薄れることはなかった。

五郎太は真下から美少女の陰戸を舐め、濡れた柔肉を吸った。

もう洗われて恥毛に染みついていた匂いも薄れてしまったが、舐めるごとに新たな蜜汁は湧き出してきた。

「さあ」

「アア……、お許しを……」

舐められながら急かされ、とうとう梢は息を震わせながら、チョロチョロと漏らしはじめてくれた。

五郎太は嬉々として口に受け止め、温かなゆばりで喉を潤し、ほのかな香りに酔いしれた。一瞬激しく注がれたが、間もなく流れが治まると、あとはポタポタと黄金色の雫が滴るだけとなった。

彼は舌で受け止め、濡れた割れ目内部を執拗に舐め回した。さらに指を濡れた膣口に押し込み、小刻みに内壁を擦ると、

「ああ……、ま、またいきそう……」

オサネを刺激され、しゃがみ込んだまま梢が熱く喘ぎ、たちまちガクガクと身をよじって気を遣ってしまった。

すると、今度はゆばりとは違う温かな淫水が噴出し、それも彼は悉く受け入れた。

この白桃のような美少女は、全身に汁気を蓄え、実に五郎太好みの反応を示し、とうとう力尽きて彼の顔に突っ伏してしまった。

それを支えて股間を洗ってやり、五郎太は引き起こした。そしてもう一度部屋で楽しもうと思ったのだった。

第六章　果てなき快楽三昧の宴

一

「さあ、今日は藩邸で鈍っている身体を充分にほぐせ。昼餉まで存分に暴れてこい」

主君正智は、腕に載せた鷹を放った。供の藩士たちも、それぞれに散り、獲物を追って走り回った。

今朝早くに一行は藩邸を出て、大川を越えた平野という原っぱに鷹狩りに来ていた。

鷹匠もおり、藩士は十数名。女は来ていないから、今日は男たちばかりが身体を動かして遊ぶ日だ。

むろん鷹狩りなど名目で、広い野原を散策して昼餉を囲もうという親睦の会であり、藩士たちも、密《ひそ》かに姫の婿になりたいと願う優秀で屈強な若者が多かった。

正智は乗り物で来て、原に来ると馬上の人となった。

「五郎太。素破なら弓でも飛礫《つぶて》でも得意であろう。雉《きじ》でも捕って参れ」

むろん五郎太が素破であることは他の藩士には内密だから、正智は周囲に誰もいないときに声をかけてきた。

「は」

五郎太も股立ちを取って襷がけに鉢巻きで原を巡ったが、元よりあまり殺生は好きではない。

やがて彼は、気楽な戦場のような原から外れ、近くにある森に入った。

休憩しようと木漏れ日の中を歩くと、ふと、彼方に人がいるのを見つけた。

「……？」

目を凝らすと、何と、立木に縛られている朧ではないか。

「朧様。どうして……」

五郎太は目を丸くし、彼女に駆け寄った。朧のことだから、こっそり一行に紛れて来たのだろうが、なぜ縛られているのか分からなかった。

「来るな、五郎太！」

「うわ……！」

朧が声を上げると同時に、五郎太の視界が逆さまになって宙に舞った。

どうやら罠にかかり、足首が輪になった縄に搦《から》め捕《と》られ、逆さ吊りにされていたのだった。

「何というざまだ。こんな男に負けたのか、俺は」

声がして、一人の男が木陰から姿を現わした。

「か、風丸さん……、生きていたのですか……」

逆さになったまま、五郎太は彼を認めて驚き、声を震わせた。

いや、考えてみれば自分の使う毒だから、その解毒剤も用意していたのだろう。風丸は、自ら毒を塗った手裏剣を胸に受けて倒れながらも、ひたすら毒を消して体力を取り戻し、執念深く江戸まで五郎太を追ってきていたのだった。

「確かに、罠には殺気はないからな。離れていればお前は簡単に引っかかる。おっと、大小を捨てろ。鞘ごとだ。朧を刺すぞ」

風丸は縛り付けている朧の喉元に切っ先を突きつけた。

「く……」

五郎太は歯を食いしばり、大小を鞘ぐるみ腰から引き抜いて落とした。

彼が吊り下げられている高さは地上六尺（約百八十センチ）ばかりだから、逆さまとはいえ長身の颪丸とほぼ同じ顔の位置だった。

「朧、俺が五郎太を片付けたら、一緒になろう。奴が死ねば、お前の迷いも覚めるだろう」

颪丸は、朧に迫った。

朧も、まさか颪丸が生きているとは思わず、この森で不覚を取ったようだ。

おそらく不器用な五郎太に手柄をとらせるために雉でも捕ろうと思い、そちらにばかり気を取られていたのだろう。

「わ、私は五郎太とは一緒にならぬ……」

「なに？」

朧の言葉に、颪丸が聞き返した。

「私は一人で谷へ帰る。五郎太は、姫の婿にさせるのだ」

「ふうむ、なるほど。ならばなおさら俺と一緒になれるな。だが俺は、勝手に谷を抜けたからもう戻れぬ。この江戸で暮らそう。もちろん五郎太ごときを主家の婿などにはさせぬが」

颪丸は五郎太に向き直り、歩み寄ってきた。

「月影谷の血を、主家に入れようとはさすがに朧は大胆だ。だがお前が死ねば、愚かな夢も潰《つい》えよう」

風丸が五郎太の間合いに入った。

「よ、よしてください。風丸さん……、二度も、あなたを攻撃したくない……」

五郎太は身をよじりながら言った。

「丸腰でどう攻撃するのだ。ああ、俺も手裏剣は懲りた。お前に返されるからな」

風丸は手にした大刀を逆手に握り、殺気を漲らせて突きかかってきた。

「ぐわッ……！」

瞬間、風丸が奇声を発して硬直した。

そして見る見る左目から夥《おびただ》しい出血をし、がくりと膝を突き、そのままうつ伏せに倒れて動かなくなった。

「ご、五郎太……、何をした……」

朧は、何が起きたか分からぬまま声を震わせた。

五郎太は身を起こし、足首の縛《いまし》めを解いてから地に下り立った。そして自分の大小を腰に帯び朧に近づき、脇差で縄を切り離した。

「風丸は……」

「もう手遅れです。今度こそ……」

「血が……」

朧は五郎太の左手に気づき、慌てて小袖をちぎって巻き付けてきた。何と、五郎太の左手の人差し指が完全に欠落していたのだ。

彼は、自ら指を嚙みちぎり、手裏剣代わりに風丸に投げつけていたのである。爪の先は風丸の眼球を貫いて脳髄にまで達していた。

「何という技を……」

朧は涙を滲ませながら彼の傷口を含み、さらに指の付け根を固く縛り直した。

「ああ、もう大丈夫です」

五郎太は、朧に怪我がないのを知って安心した。人差し指を嚙み切ったのは、小指では剣を握るのに差し支えるからだ。それに小指より太くて長くないと、一撃で風丸を倒せなかったかも知れない。

（だが、これで女への三点責めがやりにくくなるなあ……）

と、五郎太は気楽なことを思った。

そして、なぜ自分が倒されたかも分かっていない風丸の骸《むくろ》を、さらに草の中の奥深くへと隠した。

「ではこれにて。雉の一羽も捕ってこないとなりません」

「雉なら、そこに」

朧が言い、草の中へ入って戻ってきた。三羽の雉が生け捕りにされて足がくくりつけてある。

「これを持っていくといい。私は先に中屋敷へ帰る」

朧はあらためて五郎太の強さに身をすくませながら、静かに立ち去っていった。

五郎太も引き返し、谷の先輩であった風丸を隠した草むらの方へ手を合わせてから、森を出て行った。

日も高くなり、間もなく昼餉の刻限である。散っていた藩士たちも三々五々戻り、やがて正智の周囲に集まってきた。

「なに、五郎太は三羽も。さすがに……」

素破とは言わず、主君は上機嫌で受け取った。他の藩士たちは、大部分が収穫なしで、せいぜいやっと一羽捕ったものが何人かいただけだった。

そして昼餉となり、五郎太は褒美に酒を頂いた。むろん指の傷は隠したので、まず気づかれることはなかった。

やがて食事を終えると、一行は片付けをし、藩邸へ帰ることとなった。

皆と一緒にいったん上屋敷へと入った五郎太は、少し休息したのち正智に呼ばれた。

部屋で恭しく平伏していると主君が入ってきて上座に座り、今日の労をねぎらってくれた。

「ときに、千秋のことであるが」

「は……」

「やはり、あれの気持ちを汲《く》むことにした。そなたに決めようと思う」

「ほ、本当でございますか……」

五郎太は恐る恐る顔を上げ、正智が頷くと、また額をすりつけた。

「早い方が良い。来月の吉日にでも披露目をしよう。それまで桔梗の元で、一層藩主としての勉学に励め」

「ははッ……」

それだけ言うと正智は去っていった。やがて五郎太も屋敷を辞し、中屋敷へと戻った。

来月吉日なら、千秋の懐妊は不自然ではないだろう。まだ初期の兆候を朧が察したのみで、悪阻《つわり》なども先のことである。

「お疲れ様でした」

梢が笑顔で迎えてくれ、千秋も何かと鷹狩りの話を聞きたがったが、まず五郎太は湯殿を使わせてもらった。

すると、すぐに朧が入ってきて、あらためて指の傷を診てくれた。

「早い。もう傷が塞がっている……」

「ええ、大した出血もなかったです。さすがに少し疼きますが」

五郎太はとにかく先に身体を洗い流した。

そして湯殿を出て部屋に戻ると、朧が傷口を丁寧に舐め、唾液で消毒し、薬を塗ってくれた。あとは治るまで、人に見られぬよう所作に気をつければ良いだろう。

朧の手当を受けているうちに五郎太は、こんな傷を負ったというのにムラムラと欲情してしまい、彼女にしがみついていった。

二

「あん……、莫迦、傷に障るだろうに……」

「もう大丈夫です。それより、朧様に舐められて、すっかりこっちも……」

五郎太は全裸になって、激しく勃起した一物を突きつけた。それを見た朧も手早く一糸まとわぬ姿になり、すぐに顔を寄せてきた。

張りつめた先端を舐め回し、熱い息を股間に籠もらせながら、喉の奥までスッポリと呑み込んだ。

「ああ……」

五郎太も快感を受け止め、彼女の口の中で幹を震わせて喘いだ。

朧はクチュクチュと舌を蠢かせ、たっぷりと唾液にまみれさせ、指もふぐりに這わせながら強烈な愛撫をしてくれた。

「朧様、私にも……」

五郎太は果てそうになると、彼女の手を握って引っ張り上げ、顔に跨ってもらった。

さっきは朧も湯殿に来たが、彼の介護だけで身体は流していない。柔らかな恥毛に鼻を埋めると、一日分の汗の匂いが濃厚に籠もっていた。まして風丸に拉致《らち》されたときの緊張も加わり、相当に蒸れていた。

五郎太は朧の噎せ返る体臭を嗅いで鼻腔を満たし、陰戸を舐め回した。

「アア……」

朧もすぐに喘ぎはじめ、トロトロと大量に溢れる蜜汁が彼の舌を伝って口に流れ込んできた。淡い酸味を貪り、襞の息づく膣口を掻き回し、ツンと突き立ったオサネまで舐め上げて吸い付いた。

「く……、気持ちいい……」

朧が呻きながら、グイグイと彼の顔に陰戸を押しつけてきた。

五郎太も下から腰を抱えて舌を這わせ、もちろん尻の丸みにも潜り込んで谷間に鼻を密着させていった。可憐な薄桃色の蕾に籠もる微香を嗅ぎ、舌を這わせて襞の震えを味わい、内部にもヌルッと潜り込ませて粘膜を舐めた。

「も、もう……、すぐいきそう……」

前も後ろも舐められ、朧も急激に高まったようだった。彼の身体を移動して上から一物に跨ってきた。風丸の襲撃から助かった安堵で、いつになく淫気が増しているようだった。

朧は先端を陰戸に押し当て、息を詰めて性急に腰を沈み込ませてきた。

ヌルヌルッと滑らかな肉襞の摩擦を受けて肉棒が呑み込まれ、互いの股間が密着した。

「あう……、いい……」

朧は完全に座り込み、顔をのけぞらせて呻いた。熱く濡れた膣内で、モグモグと味わうように一物を締め付け、何度かグリグリとこすりつけて股間を動かしてから、やがて身を重ねてきた。

五郎太も、きつい締め付けに高まりながら彼女を抱き留め、温もりと感触を味わった。

そして顔を上げ、色づいた乳首に吸い付き、舌で転がしながら甘ったるい汗の匂いに包まれた。

舌と歯で刺激をし、両の乳首を交互に愛撫してから、彼は朧の腋の下にも顔を埋め込み、濃厚な体臭で肺腑を満たしながら、徐々に股間を突き上げていった。

「気持ちいい……、もっと突いて、強く奥まで……」

朧が熱い息で喘ぎ、上から熱烈に唇を重ねてきた。

五郎太も舌をからめ、トロトロと注がれる生温かな唾液で心地よく喉を潤し、野趣溢れる甘酸っぱい果実臭の息で鼻腔を満たした。

「ンンッ……」

朧は、五郎太の好きな唾液と吐息を好きなだけ与えながら熱く鼻を鳴らし、徐々に腰を動かしはじめた。

彼も合わせて股間を突き上げ、何とも心地よい摩擦で高まっていった。

大量に溢れる淫蜜が律動を滑らかにさせ、彼のふぐりから内腿まで濡らしてクチュクチュと卑猥に湿った音が響いた。

さらに五郎太が朧のかぐわしい口に鼻を押しつけると、彼女もヌラヌラと鼻の穴を舐め回して顔中に舌を這わせ、清らかな唾液にまみれさせてくれた。

五郎太は、美女の甘酸っぱい唾液と吐息に包まれ、たちまち昇り詰めてしまった。

「アアッ……、朧様……！」

突き上がる快感に口走り、ズンズンと股間を突き上げながら五郎太は、熱い大量の精汁を勢いよく内部に噴出させた。

「あうう……、気持ちいいッ……！」

奥深い部分に直撃を受けた途端、朧も声を上げて気を遣り、がくんがくんと狂おしい痙攣を開始した。

五郎太は心おきなく最後の一滴まで出し尽くし、満足して動きを弱めていった。

朧も膣内の収縮を繰り返しながら身悶え、やがて徐々に全身の強ばりを解いて、ぐったりと彼に体重を預けてきた。

「良かった……」

朧も満足げに吐息混じりに呟き、五郎太は彼女の重みと温もりを受け止め、かぐわしい息を嗅ぎながら快感の余韻を嚙み締めた。

「お前が、風丸を倒したときは身体中が痺れた……。この男のために、死んでも構わないと思った……」

朧が、荒い呼吸とともに囁いた。

「では、どうします？　私も一緒に谷へ帰って夫婦になりますか……」

「いや、姫様との婚儀を見届けたら、私だけ帰る……」

朧は、やはり当初の予定を崩す気はないようだった。

「風丸の骸を片付けるとき、目の奥からお前の指を取り出した……」

「そうだったのですか。それをどうしました？」

「食べてしまった……」

「え……？」

「だから、これからも一緒にいられる……」

朧に言われ、五郎太はまた新たな淫気にムクムクと回復してきてしまった。何しろ自分の一部が、彼女の胃の腑に納まり消化され、栄養となったのだ。それは精汁を飲んでもらうより、ずっと興奮することだった。

「あん、また中で大きく……」

朧が過敏に反応し、キュッときつく締め上げてきた。

「ああ……、もう一度いきたい……、朧様に、身体中食べられてしまいたい……」

五郎太はすっかり淫気を甦らせて股間の突き上げを再開し、朧の口に指で触れた。

白く頑丈な歯並びをたどり、舌に触れ、きっしりと並んだ奥歯まで触れていった。朧も彼の指を舐め回し、生温かな唾液でヌルヌルにしてくれた。

内部で彼自身が最大限に膨張したので、朧もすっかり淫気を回復させ、また徐々に腰を使いはじめた。

「アア……、すぐまたいきそう……」

彼女が喘ぎ、律動を激しくさせていった。五郎太もしがみつきながら勢いを付けて股間を突き上げ、やがて再び二人同時に昇り詰めたのだった……。

三

「上屋敷からのお達しがありました。どうやら、本当に来月吉日に、姫様と五郎太様は婚儀を執り行ないます」

桔梗が、恭しく言った。彼への言葉遣いも改め、今までの行為を思い出すにつけ身震いするような感じである。

「そうですか。鷹狩りでも気に入られたようですから」

「ご家老をはじめ、その仕度や連絡に大童のようです」

「私は、披露目まで何をすれば」

五郎太は、緊張気味の桔梗に訊いた。むろんそれなりの感慨はあるものの、まだあまり実感が湧かず、気楽なものだった。

「殿は、姫様にお子が生まれたらご隠居なさるようですので、藩主としての仕事も覚えていただかねばなりません」

桔梗が言う。

してみると千秋は来夏には子を産むだろうから、どちらにしろ一年足らずで五郎太が藩主ということになってしまう。しかし、藩主となった方が楽になりそうだ。各仕事は奉行が執り行なうので、任せて裁決を下すだけで良い。あとは、少しでも多くの側室と子作りに励めば良いだろう。

(お頭は、どう思うだろうなあ……)

五郎太は月影谷を思ったが、あの狭い谷には、もう帰りたくなくなっていた。

「側室は、何人ぐらい持てば良いのでしょう」

訊くと、桔梗は嘆息した。

「色事のことしか頭にないのですか……」

「とにかく、桔梗様には第一の側室になっていただきますので。何といっても色々教えてくれた方ですから」

五郎太は言った。そうしなければ、数々の淫らな行為により彼女が自害してしまうかも知れないのだ。

彼は立ち上がり、手早く床を敷き延べてしまった。

「なさるのですか……」

「ええ、桔梗様のお顔を見ると甘えたくなります」

「なりません」

「余の言うことがきけぬか」

五郎太が巫山戯《ふざけ》て言うと、桔梗はビクリとした。そして彼が着物を脱いでしまうと、仕方なく彼女も黙々と脱ぎはじめた。

互いに全裸になって横になると、途端に彼は甘えるように腕枕してもらい、美女の白く豊かな乳房に顔を迫らせた。

「ねえ、また陰戸をいっぱい舐めてもいい？」

囁くと、また彼女は熟れ肌を硬直させた。

「そ、そのようなこと、藩主たるものがするものではありません……」

「でも、まだ姫様の婿になっていないし、桔梗様も舐められると声を出して濡れるから嬉しいでしょう」

「アア……、このような方を藩主と仰ぐことになろうとは……」

桔梗が、またかぐわしい溜息をついて言った。

「もっと罵《のの》って《し》ください。素破ずれとか、痴れ者とか」

「そんな……、口が裂けても言えません……」

かつて口走ったことを思い出したか、桔梗は息を震わせて答えた。

「ね、もう婚儀が決定なら、姫様を抱いても構いませんか？」

「い、いけません。そのようにふしだらなこと……」

桔梗は驚いたように答えた。もちろん、すでに何度となく五郎太が千秋を抱き、まして懐妊していることなど夢にも思っていないだろう。

「だって、同じ屋根の下で暮らしているのに」

「婚儀を終え、その夜に初めて結ばれるのです。それが正しい人の道であり、人の上に立つ者ならなおさらです」

「そうですか。残念だなあ。せっかく気持ち良いことなのに。ではそれまで、姫様に出来ないことを桔梗様にしていただきましょう」

五郎太も、美しい武家女をからかうのは楽しかったが、やがて淫気に専念し、鼻先にある乳首にチュッと吸い付いていった。

「あう……！」

彼女が、いつになく激しく反応して呻いた。やはり、まさかと思っていたことが現実のものとなり、相当に動揺しているようだった。

五郎太は豊かな膨らみに顔中を押しつけて感触を味わい、チロチロと乳首を舌で転がしながら、もう片方にも指を這わせた。

「アア……」

桔梗は、すぐに熱く喘ぎ、甘ったるく濃厚な汗の匂いを揺らめかせた。

五郎太は軽く歯でも愛撫しながら、もう片方の乳首にも吸い付き、執拗に舐め回した。

腋の下にも顔を埋め込むと、色っぽい腋毛の隅々には、さらに濃厚に熟れた体臭が馥郁と籠もり、その刺激が一物に伝わってきた。

やがて五郎太は滑らかな肌を舐め下り、臍を舐め、張り詰めた下腹から腰をたどって、むっちりとした太腿へと舌を這わせていった。

「な、なりません……」

彼が脚を下りていくと、桔梗は力無く言いながらも、もう拒む力も失《う》せたように身を投げ出していた。ここ数日、五郎太との濃い情交で快楽を知り、すっかり感じやすい肉体になっていたのだ。

五郎太は足裏を舐め回し、指の股に鼻を割り込ませ、汗と脂に蒸れた匂いを嗅いでから爪先にしゃぶり付いた。

「く……、駄目……」

桔梗は子供の悪戯でもたしなめるように言ったが、順々にヌルッと指の間を舐められるたび、ビクッと身をくねらせて息を弾ませた。

五郎太は両足とも舐め回し、脚の内側を舐め上げながら腹這いになり、ゆっくりと股間の中心部に顔を進めていった。

「アア……、藩主になるのなら、股に顔を入れるなどお止めくださいい……」

桔梗が腰をよじらせ、声を震わせて言った。

「はい、ではこれを最後に致しますので、よく見せてくださいませ」

五郎太は言い、白く滑らかな内腿を舐め上げ、陰戸に迫りながら言った。もちろん最後にする気など毛頭ない。

「アア……、恥ずかしい……」

両膝を全開にされ、桔梗が顔をのけぞらせて喘いだ。

白い下腹もヒクヒクと波打ち、割れ目からはみ出した陰唇も興奮に濃く染まり、ネットリとした蜜汁が溢れはじめていた。

「すごく濡れています。舐めてほしいのですね」

「い、いやッ……、言わないで……」

股間から五郎太が言うと、桔梗は激しい羞恥に身をよじり、両手で顔を覆って答えた。

そして陰戸からは、愛撫を誘うように艶めかしい香りが、熱気と湿り気を含んで濃く漂ってきた。

もう彼も待ちきれず、黒々と艶のある茂みに鼻を埋め込んでいった。

柔らかな感触に鼻を覆われながら嗅ぐと、何とも甘ったるい汗の匂いが蒸れ、それにほのかな残尿臭も心地よく混じって鼻腔を刺激してきた。

「いい匂い」

「アアッ……！」

五郎太が何か言うたび、それは愛撫以上に桔梗を反応させた。

舌を這わせると、淡い酸味の蜜汁がトロリと口に流れ込み、五郎太はすすりながら襞を入り組ませて息づく膣口を掻き回した。そして柔肉をたどり、オサネまで舐め上げ、上唇で包皮を剥いて吸い付いた。

「ヒイッ……！」

強烈な刺激に桔梗が息を呑み、内腿できつく彼の両頬を締め付けてきた。

五郎太は腰を抱え込み、美女の体臭に噎せ返りながらオサネを吸い、泉のように溢れるヌメリをすすった。

さらに脚を浮かせ、白く豊満な尻の谷間に顔を寄せ、ひっそり閉じられた薄桃色の蕾に鼻を埋め込んで秘めやかな微香を嗅ぎ、舌先で細かに震える襞を舐め回した。

「あう……、駄目、そこは……」

ヌルッと舌を潜り込ませると、桔梗は浮かせた脚をガクガクと震わせて呻いた。

五郎太は執拗に美女の肛門を舐め、内部の滑らかな粘膜を味わった。すると鼻先の陰戸から は新たな淫水がトロトロと湧き出し、早くも彼女は気を遣りそうなほど激しく全身を波打たせた。

やがて彼は桔梗の前と後ろを味わい、果ててしまう前に股間から這い出して添い寝した。

「今度は桔梗様がして……」

仰向けになって桔梗を起こさせると、彼女も素直に上になってきた。

胸に抱き寄せ、乳首を押しつけると、桔梗はチロチロと舌を這わせてくれた。

「ああ……、嚙んで、強く……」

言うと、桔梗は熱い息で肌をくすぐりながら、綺麗な歯で乳首を挟んできた。

「もっと強く……」

五郎太が身悶えながら言うと、桔梗も力を込めてくれ、甘美な刺激を与えてくれた。

さらに顔を股間へ押しやると、彼女も肌を舐め下り、股間に熱い息を籠もらせながら先端にしゃぶり付いてきた。

「アア……」

五郎太は快感に喘ぎ、深々と呑み込まれながら美女の口腔で幹を震わせた。

桔梗も息を弾ませて吸い付き、クチュクチュと執拗に舌をからめて亀頭をしゃぶり、幹を強く唇で締め付けた。

やがて充分に高まり、温かな唾液にまみれると五郎太は彼女の口を離させ、そのまま引き上げて跨らせた。

「また、私が上に……？」

「ええ、下から見るのが好きなのです」

「本手（正常位）だけが正しいのですよ。他のことは、下々のすることです……」

「では、これも今日で終わりにしましょう」

もちろん最後にするつもりはないが、五郎太はそう言って彼女を一物に跨らせた。

先端を突き上げると、彼女もそっと幹に指を添えて角度を定めながら膣口に誘導してくれた。そして息を詰めてゆっくりと腰を沈めると、たちまち屹立した肉棒は、ヌルヌルッと滑らかに潜り込んでいった。

「ああッ……！」

桔梗は目を閉じ、顔をのけぞらせて喘ぎ、根元まで受け入れて股間を密着してきた。

五郎太も、何とも心地よい肉襞の摩擦に包まれながら、股間に美女の重みと温もりを受け止めた。

動かなくても、キュッキュッと膣内が収縮して一物が刺激された。

上体を起こしていられない桔梗は、覆い被さるように身を重ね、五郎太も抱き留めながら徐々に股間を突き上げた。

「アア……」

桔梗も喘ぎ、彼の肩に腕を回してしっかり抱きつきながら腰を使ってきた。

「気持ちいいって言って……」

「気持ちいい、とっても……、ああッ！」

促され、桔梗は自分の言葉に激しく反応した。大量の淫水が漏れて動きが滑らかになり、湿った音とともに互いの股間がビショビショになった。

彼の胸で豊かな乳房が押し潰されて柔らかく弾み、美女の口からは熱く湿り気のある、花粉臭の息がかぐわしく洩れていた。五郎太は芳香を求めるように唇を重ね、舌をからめて生温かな唾液をすすった。

さらに勢いを付けて激しく律動すると、

「ああッ……！」

桔梗も腰を使いながら熱く喘ぎ、彼も甘い吐息を嗅ぎながら急激に高まってしまった。そのまま股間をぶつけるように突き上げ、豊満な熟れ肌にしがみつきながら、大きな快感の怒濤に呑み込まれていった。

「い、いく……！」

昇り詰めながら口走り、五郎太が熱い大量の精汁を勢いよくほとばしらせると、

「アアーッ……！」

彼女も声を上ずらせて喘ぎ、がくんがくんと狂おしく全身を波打たせながら気を遣った。

五郎太は膣内の収縮の中で快感に包まれ、心おきなく最後の一滴まで出し尽くした。

そして満足しながら徐々に動きを止め、美女の匂いと温もりを感じながら、うっとりと快感の余韻に浸り込んでいったのだった……。

四

「正式にお決まりになったようですね。おめでとうございます」

夜半、梢が五郎太の部屋に入ると、恭しく平伏して言った。昼間のうちに、夜になったら来るよう言っておいたのだ。

五郎太は寝巻を脱いで全裸になると、激しく勃起してきた。

「ああ、間もなく婚儀が整ったら、梢も一緒に上屋敷で暮らそう。でも、今はまだ皆川家の者になったわけじゃないから、堅苦しくしないでいいよ」

彼は優しく言って梢の寝巻も脱がせ、布団に招いて抱き寄せた。

梢も、悦びと感激と、そして新たな緊張に息を震わせながら肌を密着させてきた。

すると、そこへ何と朧も入ってきた。

「え？　どうして朧様まで……」

「孕みやすいよう手伝いを」

五郎太が言うと、朧も脱いで一糸まとわぬ姿になって答えた。

梢は驚きもせずじっとしていた。どうやら承知しているようだ。おそらく彼の知らぬところで、二人は親しくなり、そうした手助けをする約束でも出来ていたのだろう。

もちろん五郎太は構わなかった。むしろ二人相手の方が、快楽も二倍になる。

「こうして」

朧が言い、仰向けの五郎太の脚を浮かせてきた。ここはやはり、淫法を良くする朧に従うのが最も良い。

さらに梢を彼の上に反対向きに乗せ、女上位の二つ巴にさせた。

「ああッ……、畏れ多いです……」

梢が、彼の顔に跨りながら息を震わせた。やはり正式に婿入りが決まったので、今までにない緊張があるようだった。とにかく五郎太は、下から彼女の腰を抱え、可愛らしい陰戸を見上げた。

梢も彼の股間に屈み込み、先端を含んできた。さらに朧が、彼の脚を浮かせたままふぐりに舌を這わせた。二人の息が混じり合って股間に籠もった。

「ああ……」

五郎太は快感に喘ぎながら、真下から梢の股間に顔を埋めていった。

潜り込むようにして柔らかな若草に鼻をこすりつけると、今日も甘ったるい汗とゆばりの匂いに、美少女本来の生ぬるい体臭が混じって籠もっていた。

割れ目からはみ出す花びらは、早くも熱くネットリとした蜜汁にまみれ、快感を覚えたばかりの膣口が挿入をせがむようにヒクヒクと息づいていた。

五郎太は膣口から滲む淡い酸味の蜜汁をすすり、突き立ったオサネを舐め回した。

「ンンッ……！」

梢が尻をくねらせて呻き、含んでいた亀頭を反射的にチュッと強く吸った。

彼女が身悶えるたび、彼の目の前にある尻の谷間の可憐な蕾もヒクヒクと収縮した。

五郎太は充分に陰戸を舐め回してから伸び上がり、尻の谷間にも鼻を押しつけ、蕾に籠もる微香を嗅ぎ、舌を這わせた。

するると、充分にふぐりをしゃぶり、二つの睾丸を舌で転がしていた朧も、彼の肛門に舌を這わせてきたのだ。

「く……」

五郎太が梢の肛門を舐めるたびに、自分の同じ部分にも同じ感覚が得られた。何やら連動しているような妖しい感覚だった。

これも、おそらく淫法の一つのようだ。

とにかく朧は彼を感じさせ、最も濃い状態の精汁を出させるつもりらしい。そして当然、今宵は梢も孕みやすい時期なのだろう。

五郎太がヌルッと梢の肛門に舌を潜り込ませ、滑らかな粘膜を味わうと、朧も計ったようにヌルリと潜り込ませてきた。しかも、朧の舌の方がずっと長く、奥まで入ってくるから犯されているような気になった。

やがて彼は充分に舌を出し入れさせてから、再び陰戸に口を戻してオサネを舐め、新たに溢れたヌメリをすすった。

「ああン……」

梢が我慢できず、亀頭からスポンと口を離して喘いだ。

「いいわ、入れても」

朧も彼の股間から這い出し、何と五郎太の後ろへ回ってきた。そして彼を開いた股の間に座らせ、寄りかからせてくれた。

梢も正面を向き、五郎太の股間に跨ってきた。先端を陰戸に受け入れ、座り込みながら一つになっていった。

「アアッ……！」

根元まで貫かれた梢は、彼の股間に座りながら喘いだ。

五郎太も深々と包み込まれ、熱く濡れた柔肉にキュッと締め付けられながら彼女を正面から抱きすくめた。

すると背後からも朧が抱きついてきた。

彼の背中には朧の柔らかな乳房が密着し、胸には梢の乳房が押しつけられた。一物は美少女の柔肉に包まれ、腰には朧の恥毛がこすりつけられていた。

五郎太は、前後から女たちに挟みつけられ、梢を抱きながら、ズンズンと股間を突き上げはじめた。

「き、気持ちいい……」

梢が熱く喘ぎ、湿り気ある甘酸っぱい果実臭の息を弾ませた。肩越しには、朧の吐息もかぐわしく漂ってきた。それに二人分の甘ったるい体臭も混じり合い、悩ましく彼の鼻腔を刺激してきた。

梢も自分で腰を上下させ、何とも艶めかしい肉襞の摩擦を与えてきた。

五郎太はすっかり高まりながら、屈み込んで梢の左右の乳首を交互に吸い、柔らかな膨らみを顔中に感じて舌で転がした。

さらに腋の下にも鼻を埋め込み、濃厚な汗の匂いで鼻腔を満たし、股間の突き上げに勢いを付けていった。

そして白い首筋を舐め上げ、唇を重ね、美少女のぷっくりした唇を舐め回し、舌をからめていった。そしてトロリとした生温かく清らかな唾液をすすり、甘酸っぱい息の匂いに酔いしれた。

「ンンッ……！」

梢も激しく息を弾ませ、熱く鼻を鳴らして腰の動きを速めていった。

すると朧が背後から彼の耳を噛み、穴に舌を差し入れながら口を寄せてきた。

五郎太が横を向くと、梢が舌を伸ばしてついてきて、さらに朧も長い舌を伸ばして二人にからみつけてきた。

彼はそれぞれ滑らかに蠢く舌を舐め、混じり合った吐息と唾液を心ゆくまで吸収して高まった。さらに二人の舌に顔中をこすりつけ、清らかな唾液でヌルヌルにされ、果実臭で鼻腔を満たしながら、あっという間に絶頂に達してしまった。

「く……！」

五郎太は大きな快感に突き上げられて呻き、梢の中にドクドクと勢いよく精汁をほとばしらせた。

「アアッ……、気持ちいい……、いく……！」

同時に梢も口走り、狂おしく全身を痙攣させながら激しく気を遣った。

彼は大きな快感の波に、何度も貫かれながら、ありったけの精汁を絞り尽くした。

やはり前後から女体に挟まれるというのは実に心地よいものだ。背中にも、相当に感じるツボがあるのだろう。それを朧の両の乳首や肌の温もり、恥骨の膨らみなどが適度に刺激してくれるのだ。

五郎太はすっかり満足し、硬直を解いて力を抜いていった。

「ああ……」

梢も吐息混じりに喘ぎ、ぐったりと彼にもたれかかってきた。

すると朧は背後から身を離し、そのまま五郎太は梢を抱いたまま仰向けになった。

まだ梢の膣内はキュッキュッと心地よい収縮をし、亀頭が過敏に反応して内部でピクンと脈打った。

五郎太は梢の匂いと温もりを感じながら、うっとりと快感の余韻を嚙み締めた。

ようやく梢も呼吸を整え、ゆっくりと股間を引き離して彼の隣に横になっていった。

朧が、混じり合った体液にまみれた一物にしゃぶり付き、清めるようにヌメリをすすり、舌を這わせてくれた。

「あうう……」

五郎太は強い刺激に、腰をよじって呻いた。

さらに朧は梢の陰戸にも舌を這わせ、溢れる淫水と逆流する精汁を舐め回した。

「あん……、もう、堪忍……」

梢もまた、射精直後の亀頭のように全身が敏感になっているようで、うねうねと悩ましく身をくねらせて喘いだ。しかし朧は、味を見て交接が上手くいったかどうか判断しているようだった。

「孕んだのですか……？」

「多分……、まだはっきり分からないけれど」

五郎太が訊くと、朧が答えた。もうしばらく経《た》ち、ゆばりを舐めればもっとはっきりするのだろう。

彼は身を投げ出しながら淫気を甦らせ、さらに朧とも交わりたいと思ったのだった。

五

「明日、上屋敷へいくことになりました」

千秋が、五郎太の部屋に来て言った。そろそろ日取りが迫ってきたので、何かと仕度するものが多いのだろう。

「そうですか。では婚儀の日をお待ちくださいね」

「ええ、楽しみです。でもここ最近、何かと生唾が多く出るようになりました。枕元にも、いつも器を置いておくのです」

千秋が言う。これも懐妊の兆候なのだろう。

「どうか、上屋敷では人に知られぬようにしてくださいね。悪阻にはまだ間があると朧様が言っていましたが」

言うと、千秋はほんのり頬を染めて頷き、愛《いと》しげに下腹を撫でた。

五郎太は、これで婚儀まで会えぬとなると急激に淫気を催し、可憐な姫君の唾液が飲みたくなった。

彼は甘えるように千秋の胸に縋《すが》り、唇を求めた。彼女も五郎太の部屋へ来た以上、そのつもりだったから、すぐに舌をからめてくれた。

ほんのり甘酸っぱい上品な息の匂いを嗅ぎながら、五郎太は柔らかく滑らかな姫君の舌を舐め回し、トロトロと注がれる唾液でうっとりと喉を潤した。

「もっと沢山……」

唇を触れ合わせたまま囁くと、千秋はさらに大量の唾液を口移しに流し込んでくれた。

小泡が多くて白っぽく、適度な粘り気のある生温かな美酒を味わった。飲み込むたび、甘美な悦びが胸いっぱいに広がり、一物に伝わっていった。

たとえ夫婦になっても、やはり世間並みのそれとは異なり、そうそう毎晩行なうわけでもないから、おそらく飽きることはないだろう。まして懐妊が知れれば、あとはひたすら安静にさせられ、情交など出来なくなる恐れがある。

まあ、そのときのために梢や桔梗、その他多くの美女を側室にすれば良い。

五郎太はいったん身を離し、手早く脱ぎ去って全裸になると、千秋もたちまち一糸まとわぬ姿になった。

また例により、朧が桔梗を寄せ付けぬようにしてくれているのだろう。

布団に横になり、姫君の甘ったるい体臭を感じながら桜色の乳首を含んだ。

「アア……！」

千秋が身をくねらせて喘ぎ、彼の顔を胸に抱きすくめてきた。

顔中が柔らかな膨らみに埋まり込み、五郎太は心地よい窒息感の中で乳首に吸い付き、舌で転がした。

もう片方にも移動して舐め回し、腋の下にも顔を埋め、甘ったるく可愛らしい汗の匂いで胸を満たした。そして透けるほどに白く滑らかな玉の肌を舐め下り、腰から太腿、脚をたどって爪先にしゃぶり付いた。

もうあまり外へ出て動き回っていないから、足指の股は匂いも淡く、湿り気も薄いものだった。それでも爪先をしゃぶり、全ての指と、指の股を両足とも舐め回してから、腹這いになって股間へと顔を進めていった。

千秋も両膝を全開にしてくれ、すでに濡れはじめている陰戸を見せてくれた。

この奥に、自分の子が息づいているとは、何という神秘であろう。五郎太は感慨を込めて顔を埋め、柔らかな若草に鼻をこすりつけ、甘ったるい汗の匂いを嗅ぎながら舌を這わせていった。

息づく膣口の襞をクチュクチュと掻き回すように舐め、淡い酸味のヌメリを掬い取りながらオサネまで舐め上げていくと、

「アア……、いい気持ち……」

千秋はビクッと顔をのけぞらせ、白く滑らかな内腿でムッチリと彼の両耳を挟みつけながら喘いだ。

五郎太はチロチロとオサネを舐め上げては悩ましい匂いに酔いしれ、さらに腰を浮かせて尻の谷間にも顔を潜り込ませていった。薄桃色の蕾に鼻を埋め込み、秘めやかな微香を嗅ぎながら顔中を双丘に押しつけ、舌を這わせはじめた。

「あうう……」

千秋がくすぐったそうに肛門を震わせて呻き、陰戸からは新たな淫蜜を滴らせてきた。

五郎太はヌルッと内部にも潜り込ませ、滑らかな粘膜を味わってから、再び脚を下ろして陰戸を舐め回した。

「わ、私にも……」

千秋が気を遣りそうになるのを堪えながら言うと、彼も顔を上げ、勃起した一物を彼女の口に迫らせていった。

「ンン……」

彼女もすぐに顔を起こし、熱く鼻を鳴らして先端にしゃぶり付いてきた。

五郎太は股間に姫君の息を受け止めながら、温かく濡れた口の中で幹を震わせた。

千秋も喉の奥までスッポリと呑み込み、執拗に舌をからめ、清らかな唾液に肉棒を濡らしながら夢中で吸ってくれた。

やがて彼も充分に高まると股間を引き離し、仰向けになっていった。やはり腹への負担を思えば、上からのしかかるより茶臼（女上位）の方が良いだろう。

千秋も素直に身を起こし、自らの唾液にまみれた肉棒に跨った。そして先端を濡れた陰戸に押し当て、息を詰めて腰を沈み込ませてきた。

ヌルヌルッと一物が潜り込むと、

「アアッ……！」

千秋がビクッと顔をのけぞらせて喘ぎ、完全に受け入れて股間を密着させた。

五郎太も、肉襞の摩擦と締め付けに包まれ、感触と温もりを味わった。

抱き寄せると、千秋も身を重ねてきた。彼はズンズンと股間を突き上げながら姫君に舌をからめ、甘酸っぱい上品な息の匂いに酔いしれながら、トロリとした唾液をすすって高まっていった。

見上げれば、千秋もうっとりと目を閉じて快感を嚙み締め、腰を使いはじめていた。

思えば、この数日の間に、自分の運命も大きく変わったものだ。

婚儀を終えれば、朧も月影谷へ帰ってしまうだろう。五郎太も朧に未練はあるが、狭い谷に戻る気はすっかりなくなっていた。

朧の画策で藩主への道を歩みはじめているが、これも自分の運命なのだろうと思った。

藩主というのも狭くて堅苦しい世界かも知れないが、外界から隔絶された谷よりはましだろう。

五郎太は感慨に耽りながら、股間の突き上げに勢いを付けていった。

千秋の陰戸からは、粗相したかと思えるほど大量の淫水が溢れて律動を滑らかにさせ、くちゅくちゅと淫らに湿った音も響いて、彼のふぐりから内腿までが生温かくびっしょりと濡れていた。

「き、気持ちいい……」

千秋が声を上ずらせて言い、自らも動きを速めていった。

五郎太が果実臭の口に鼻を押しつけると、千秋もヌラヌラと舌を這わせ、彼の鼻の穴から鼻筋、頬や瞼まで舐め回してくれた。

このような大胆な仕草を桔梗が見たら、どんなに驚くことだろう。

やがて彼は締め付けと摩擦に高まり、姫君の甘酸っぱい唾液と吐息を吸収しながら、あっという間に昇り詰めてしまった。

「い、いく……!」

突き上がる大きな絶頂の快感に口走り、五郎太はありったけの熱い精汁をドクンドクンと勢いよく柔肉の奥へほとばしらせた。

「あう……、いい……！」

千秋も噴出を感じた途端に呻いて硬直し、ガクガクと狂おしい痙攣を開始して気を遣ってしまった。

膣内の収縮も最高潮になり、五郎太は溶けてしまいそうな快感の中、心おきなく最後の一滴まで絞り尽くした。

「アア……」

すっかり満足して声を洩らしながら、彼が徐々に動きを弱めていくと、千秋も力尽きたようにグッタリともたれかかり、満足げに強ばりを解いていった。

五郎太は、まだ息づくような収縮を繰り返す膣内で肉棒を反応させ、千秋の吐息を間近に嗅ぎながら、うっとりと快感の余韻を嚙み締めた。

（本当に、私で大丈夫なのだろうか……）

五郎太は、姫君の重みと温もりの中で、呼吸を整えながら思った。

射精直後からしばらくは、淫らなこととは縁のない一時が訪れる。そのときが、今後のことが最も重圧に感じられる。

世間知らずで、藩の仕組みすらよく分かっていないのだ。

だが、考えてみれば歴代の殿様だって、世間知らずは同じことだろう。もともと五郎太は楽天的なのだ。うつけと言われながらも飄々《ひょうひょう》とし、命の危険があるときは血に潜む力が対処してくれる。

「アア……、感じすぎるので、離れます……」

千秋がか細く言い、そろそろと股間を引き離して横になってきた。

五郎太は身を起こし、懐紙で姫君の陰戸を優しく拭い、自分の一物も手早く拭き清めてから再び添い寝した。

すると千秋が甘えるようにしがみつき、彼も腕枕してやった。

今後とも、千秋の他に、桔梗と梢の肉体を交互に味わえるだろう。さらに、また上屋敷では他の側室も選べるに違いない。

それを思うと期待に胸が膨らみ、すぐにも回復してきそうになってしまった。

「姫様、五郎太と呼んでください。次にお目にかかるのは婚儀の時ですので、お仕えするのは今宵が最後です」

「そう、今度会うときは私の旦那様ですものね、五郎太……」

千秋が言い、五郎太も満足している一物をピクリと震わせた。

そして朧が、どのような婿を取るのか少し考え、姫君の温もりの中で他の女を思うという贅沢に浸ったのだった……。

この作品は書き下ろしです。原稿枚数390枚（400字詰め）。

GENTOSHA OUTLAW BUNKO

蜜命《みつめい》

おぼろ淫法帖《いんぽうちょう》

睦月影郎《むつきかげろう》

平成23年10月15日　初版発行

発行人——石原正康
編集人——永島賞二
発行所——株式会社幻冬舎
〒151-0051東京都渋谷区千駄ヶ谷4-9-7
電話　03(5411)6222(営業)
03(5411)6211(編集)
振替00120-8-767643
印刷・製本—株式会社　光邦
装丁者——高橋雅之

幻冬舎アウトロー文庫

ISBN978-4-344-41762-5　C0193　O-48-2